alta mar

SAMUEL BOLÍN

Nuevos casos del comisario Antonino

W0249943

Comentario del texto
Antonio CARRASCOSA

Fotocomposición: SERVIGRAFINT
Fotomecánica: SERVIGRAFINT
ISBN: 84-216-1805-9
Depósito legal: M-25716-1992
Impresión: MELSA

SAMUEL BOLÍN

Samuel BOLÍN

- Samuel Bolín es el seudónimo de Carmen MORALES y José Luis VELASCO, coautores de esta obra y de *Los casos del comisario Antonino,* publicados ambos en la Colección Altamar.
- Se casaron en 1965 y desde entonces colaboran escribiendo relatos y novelas.
- Se han especializado en literatura policiaca y de misterio, tanto para jóvenes como para adultos.
- Carmen MORALES, por su parte, también ha escrito novelas románticas, de ciencia ficción y libro-juego.
- Han publicado en varias editoriales: Planeta, Espasa-Calpe, UVE, etcétera.
- José Luis VELASCO es autor de más de una decena de libros; en esta Colección, tiene publicado también *El Océano Galáctico.* Es dibujante e ilustra sus propios libros.

altamar

para ti...

¿Leíste ya el primer libro de nuestro famoso comisario Antonino? Aquí tienes cuatro nuevos casos protagonizados por el orondo policía y su inteligentísimo amigo Alejandro Simón.

Nosotros hemos puesto más empeño del que podéis imaginar para que sean aún más misteriosos y divertidos que los primeros. ¿Lo hemos conseguido? Bueno, vosotros sois quienes tenéis que decirlo. De todos modos, os aseguramos que lo hemos pasado estupendamente escribiéndolos. Y sospechamos que también vosotros vais a pasar unos ratos muy buenos leyéndolos.

Un abrazo y hasta otra.

Carmen Morales

Velasco

1 Doscientas cuarenta y nueve cifras

EL comisario Antonino medía 1,70 de estatura y pesaba 92 kilogramos. O sea, que se trataba de un señor bastante rechoncho. Además, era calvo y fumaba en pipa. Aquella mañana de mayo llovía a mares sobre la ciudad y el comisario, a las 8,20 en punto, caminaba presuroso hacia la comisaría bajo su gigantesco paraguas a franjas azules y naranjas.

Y, mientras caminaba, iba pensando en dos cosas. Primera cosa: su jefe estaba de viaje y no tendría que ir a despachar con él a las 9, como todas las mañanas. Y segunda cosa: que en los días de lluvia torrencial no se cometían apenas delitos según todas las estadísticas, ya que a los malhechores no les apetece nada salir a trabajar para ponerse como una sopa. Así que la mañana se presentaba completamente tranquila y cuando las mañanas se presentaban completamente tranquilas...

—Bueno, Castrillo, ¿una partidita?

Eso fue lo segundo que dijo el comisario en cuanto entró en su despacho, dejó el enorme paraguas en el paragüero, se quitó la gabardina, se quitó el sombrero y los colgó en la percha. Lo primero que dijo fue: «Buenos días, muchachos. ¡Vaya tiempecito!»

El inspector Castrillo, de veintidós años, se dirigió al armario metálico donde guardaban el tablero y las fichas de ajedrez sin decir nada. Y, mientras lo hacía, el comisario miró a Sánchez y Bolín, sus otros dos subordinados.

—¿Alguna novedad?

—Todo tranquilo como una balsa de aceite —respondió Sánchez.

—Está bien. Vosotros podéis poneos a leer el periódico, hacer crucigramas o cualquier otra cosa igual de útil en la que ahora no caigo... Mientras, Castrillo y yo echaremos una partida...

Castrillo ya había puesto el tablero sobre la mesa del comisario y estaba colocando las fichas.

—Y prepárate, caballerete —dijo Antonino—. Estos últimos días me he empapado a fondo de las tácticas de Kasparov y presumo que te voy a infligir una derrota aplastante.

Castrillo le miró con la cara de quien oye llover. Bueno, es que, antes de comenzar a jugar, el comisario siempre le decía cosas parecidas. Pero lo cierto es que Antonino aún no le había ganado ni una sola partida desde que el joven inspector ingresó en la policía, hacía año y medio.

Dos horas más tarde, el silencio absoluto del despacho sólo era roto por el tic-tac del reloj de péndulo situado en una pared y por el rumor de la lluvia. En aquel preciso instante, el rostro de Antonino pasaba sucesivamente del color rojo al morado y del morado al verdoso. Su pipa humeaba como una locomotora antigua y por su calva se deslizaban gruesas gotas de sudor. Tenía la vista clavada en el tablero y lo que veía no podía ser más desastroso. La situación de sus fichas era desesperada del todo. Y, precisamente, la cosa que le ponía de peor humor al comisario en esta vida no era otra que perder al ajedrez con Castrillo.

—Comisario —dijo el joven inspector con la voz más tranquila del mundo— me parece que está usted irremisiblemente perdido...

—¡Silencio! Aún no puedes cantar victoria, amiguito... Me defenderé como un tigre acorralado...

Y, en aquel preciso instante, sonó el teléfono situado sobre la mesa del comisario. Lo cogió Sánchez.

—¿Diga?

El inspector escuchó con toda atención lo que le decían al otro lado del hilo. Mientras, tomaba rápidamente notas en un bloc y ponía la cara propia de quien tiene que dejar de hacer crucigramas cuando lo está pasando estupendamente haciéndolos.

—Bien, vamos para allá enseguida.

Y, tras decir esto, colgó el teléfono y se dirigió a Antonino.

—Comisario...

Pero Antonino no le contestó, totalmente concentrado en la horrorosa posición de sus fichas.

Comisario...

—¡Silencio!

—¡Comisario, que se ha cometido un robo importante en la parroquia de San Pedro!

—¿Eh? ¿Robo? ¿Parroquia? ¿San Pedro? —respondió Antonino como si regresase de otra galaxia.

—Eso es... Acaba de llamar el párroco... Parece que han robado una reliquia de gran valor...

Entonces, Antonino, de pronto, se puso en pie como movido por un resorte y se dirigió raudo hacia la percha.

—Castrillo, la partida queda aplazada... Vamos rápidamente a esa parroquia —dijo mientras cogía la gabardina y el sombrero.

—Pero, jefe, lo más honorable es que se rinda usted ya... No tiene la menor escapatoria...

—¡Eso lo veremos, jovenzuelo! ¡Andando!

La parroquia de San Pedro era una pequeña iglesia románica del siglo XII que, según los expertos, tenía un extraordinario valor arquitectónico. Estaba rodeada por un jardincito donde crecían las rosas, en una calle solitaria y tranquila. Un automóvil negro se detuvo frente a ella y de él saltaron el comisario, Castrillo y Sánchez. Corrieron hacia la puerta bajo el aguacero, uno detrás de otro. Vieron que, en el pórtico, les esperaba ya un hombre con escasos cabellos blancos, los mofletes sonrosados y una sotana que le quedaba un poco corta. Alrededor de este hombre había mucha gente.

VC-5132-V

—¡Corran, corran! —dijo el sacerdote—. *Copiosi ruunt imbres!* (1).

—¿Cómo dice? —preguntó Antonino cuando llegó a su lado.

—Digo que *copiosi ruunt imbres.*

—Sí, bueno... Pero, ¿podría indicarme quién es usted?

—Soy Gumersindo Ponce Tordesillas, el párroco de esta iglesia.

—Yo soy el comisario Antonino.

—*Cuam te video lubens!* (2).

—Oiga, si se deja usted de latines nos entenderemos mucho mejor, ¿no le parece? —dijo el comisario de bastante malas pulgas—. Vamos al interior de la iglesia.

Pero había tanta gente apiñada en el pórtico, con sus paraguas y sus impermeables, que no les dejaron avanzar. El antipático resplandor de algunos *flashes* de los fotógrafos de prensa deslumbraron al comisario.

—¡Vamos! ¡Despejen todo esto! —gritó Antonino de malísimo humor—. ¡Sánchez! ¡Castrillo! Ocupaos de que todo el mundo se vaya a su casa y de que los fotógrafos esperen en el bar de enfrente tomándose un café con leche...

---

(1) ¡Llueve a cántaros!, en latín.
(2) ¡Cuánto me alegro de verle!, también en latín.

Se oyeron voces de protesta por doquier, ya que la gente del barrio quería enterarse de los detalles del robo. Y los periodistas, por su parte, decían que no tenían por qué irse al bar a tomarse precisamente un café con leche, que también podía ser un café solo, o un vaso de leche sola, o un jugo de tomate, o una ración de gambas al ajillo, etc. El caso es que, instantes después, no quedaba por allí una sola persona y los policías podían entrar en el templo tan tranquilos.

Antonino se detuvo junto a la pila del agua bendita.

—Bien, cuénteme rápidamente lo que ha ocurrido —le dijo al sacerdote.

—¡El cáliz de San Torcuato! —exclamó tan sólo el párroco.

El comisario se quedó mirándole, como quien dice: «Sí, bueno, el cáliz de San Torcuato. ¿Y qué más?»

—¡Han robado el mayor tesoro que guardábamos en esta humilde iglesia! El cáliz que usó para celebrar misa San Torcuato, *el Filósofo,* nuestro gran santo del siglo XII...

La pipa de Antonino soltó unas rápidas y espesas nubes de humo.

—*Domine Deus Omnipotens!* (1), señor comisario! —gritó el sacerdote mirando con ojos atónitos cómo la humareda ascendía hacia las bóvedas.

—¿Qué ocurre?

---

(1) ¡Señor Dios Omnipotente!

—*Per Jesum Christus!* ¡Su pipa! ¡Está usted en un templo!

Antonino enrojeció lo mismo que si estuviese perdiendo una partida con Castrillo. Y luego, como un rayo, desapareció por la puerta del templo durante unos segundos. Enseguida reapareció igual de deprisa, sólo que sin pipa.

—*Laus Deo!* (1) —exclamó ahora el comisario—. Ya no hay pipa... Todo arreglado... Je, je... Dígame, señor párroco, ese cáliz, ¿tenía mucho valor?

—Valor material, no demasiado, pues era de ónice... Pero tiene un valor histórico incalculable para cualquier coleccionista o anticuario sin escrúpulos.

—Muy bien... Llévenos al lugar del robo.

Don Gumersindo comenzó a caminar hacia alguna parte y los policías le siguieron.

Los pasos de los cuatro hombres resonaban en las bóvedas de la iglesia, que estaba sumida en las tinieblas. Por las altas y estrechas ventanas sólo penetraba la escasa luz del día lluvioso. Y en el interior del templo únicamente permanecían encendidas tres o cuatro lámparas de aceite y unas pocas velas mortecinas frente a las imágenes de algunas capillas.

El párroco les condujo hacia una de estas capillas, que estaba cerrada por una gruesa cancela de hierro. Se sacó unas llaves de la sotana y la abrió. Estaba completamente a oscuras. Presionó un interruptor situado junto a la entrada y se encendió una lámpa-

(1) ¡Alabado sea Dios!

ra de bronce que colgaba del techo. A su luz amarillenta pudieron ver que se hallaban en una capilla de paredes desnudas. Frente a ellos había un altar y sobre él, en una ornacina, una talla de San Torcuato, *el Filósofo.* El famoso santo era un señor bastante grueso que se parecía muchísimo al comisario Antonino.

—¡Ahí!, en el centro del altar, sobre ese expositor, teníamos permanentemente el cáliz de San Torcuato —dijo el párroco—. Era una reliquia que veneraban todos nuestros fieles... Y continuamente venían a examinarlo estudiosos de todo el mundo...

—Ya, ya... —dijo entre dientes el comisario fingiendo que estaba al tanto de todo lo referente a tan famoso cáliz—. ¿Quién tiene las llaves de la iglesia y de esta capilla?

—Un servidor y el sacristán.

—¿El sacristán?

—En efecto.

—¿Se encuentra aquí ese hombre?

—Está en la sacristía. ¿Quiere verle?

—Por supuesto.

La sacristía era una habitación enorme, con baldosas blancas muy limpias. Había allí varios arcones oscuros, un gran espejo con el marco negro y un armario muy alto que casi llegaba hasta el techo, también muy oscuro. Nada más entrar, Antonino se fijó en un hombre bastante extraño que estaba sentado frente a una mesa. Tenía la cabeza metida entre sus puños y miraba fijamente algo que estaba sobre dicha mesa. Frente a él, mirando sin pestañear la misma cosa, permanecía sentado un chico de unos doce años.

—¡Santo cielo! ¿Otra vez con las tres en raya, Amadeo? —exclamó don Gumersindo.

El hombre llamado Amadeo se puso en pie casi de un salto, como si le hubiesen sorprendido cometiendo una fechoría. Al incorporarse, Antonino comprobó que era altísimo.

Su expresión resultaba de lo más sombría y tenía la cabeza pequeña y completamente rapada. Vestía un jersey grisáceo bastante viejo y unos pantalones tan viejos y grisáceos como el jersey. El chico, que tenía cara de liebre, también se puso en pie.

—Este es Amadeo, el sacristán —presentó el señor párroco—. El chico es Crispín, nuestro monaguillo. Aquí, el comisario Antonino.

—Está bien —siguió el policía muy decidido, tras estrechar la mano de Amadeo y Crispín—; Castrillo, Sánchez, vosotros comenzad las inspecciones de costumbre... Acompáñeles usted, señor párroco. Yo quiero hablar unos momentos con el señor Amadeo...

Los dos inspectores y el párroco salieron de la sacristía seguidos por Crispín. Antonino, apenas se quedó a solas con Amadeo, miró a hurtadillas hacia todas partes, sacó su pipa del bolsillo, la llenó de tabaco y la encendió. Poco después, con gesto de gran satisfacción, lanzó varias bocanadas de humo hacia las alturas.

—¿Estaba usted jugando a las tres en raya? —preguntó Antonino para empezar su interrogatorio con una pregunta que tranquilizase al sacristán.

—En efecto, señor...

—Reconocerá que es un juego completamente tontorrón... Si no se comete ningún error, nadie puede ganar ni perder en tan infantil pasatiempo.

—Permítame que le diga que no estoy de acuerdo, señor... Practico las tres en raya desde mi más tierna infancia y he estudiado a fondo sus secretos... Yo sí puedo ganar.

—¿Ah, sí? —dijo Antonino haciendo humear su pipa.

—Efectivamente, señor.

—Pues yo le aseguro que no, querido amigo. A ver, siéntese usted.

Segundos después, Antonino y el sacristán estaban sentados frente a frente, moviendo sus fichas sobre un pequeño tablero de cartón. Y justamente dos minutos más tarde, la calva de Antonino se había puesto repentinamente reluciente, su cabeza era lo más parecido a un pimiento morrón y la pipa había dejado de humear por completo. Su contrincante movió una ficha.

—Tres en raya —dijo con una voz bastante tranquila—. ¿Lo ve, señor?

—¡Diablos! Ejem... Sí, no cabe duda, he debido cometer algún error... Vamos, juguemos otra.

—Lo que quiera el señor...

Treinta minutos después, cuando Antonino había

sido derrotado dos veces, una detrás de otra, y su color era más bien el de las berenjenas, Castrillo asomó la cabeza por la puerta de la sacristía.

—¡Venga, comisario! Hemos encontrado algo.

Antonino se puso en pie con un humor de mil demonios y se dirigió rápidamente hacia la puerta. Antes de salir, se volvió para mirar a su contrincante.

—¡No se crea que esto va a quedar así, señor sacristán! ¡Nos veremos las caras de nuevo!

—Como mande, señor.

Al salir de la iglesia, Antonino comprobó que había un pequeño grupo de gente mirando absorta uno de los muros del templo, cerca de la puerta. Y, a la distancia en que se encontraba el comisario, en dicho muro no se veía absolutamente nada.

—Comisario —dijo Castrillo mientras se acercaban al grupo de personas—, hemos encontrado una extraña inscripción en la pared... Y un subterráneo.

—¿Un subterráneo?

—Efectivamente. Un subterráneo de cuya existencia, según el señor párroco, no tenía nadie la menor idea...

Antonino y Castrillo llegaron hasta el grupo de gente que contemplaba la pared. Estaban allí Sánchez, don Gumersindo y el monaguillo. Además, un hombre pequeño, con gafas y bufanda, así como una señora con el pelo rizadito. Ambos debían ser dos piadosos ciudadanos que habían entrado en la iglesia para rezar. Estos dos personajes, a pesar de las ór-

denes de Antonino, se habían colado en el templo sin más ni más. Como eran tan pocos, no les dijo nada.

—*Per sempiterna seculae!* (1) —gritó el párroco despavorido al ver acercarse a Antonino—. ¡¡Otra vez esa maldita pipa!!

Al punto, tras ponerse de todos los colores, y sin decir ni pío, Antonino salió disparado como un cohete hacia la puerta de la iglesia. Y, cuando estuvo ante ella, lanzó su pipa a la calle lluviosa, lo mismo que quien arroja muy lejos algo que le da muchísima rabia. Luego regresó hasta el grupo de gente.

—Ya está... Sí, señor... Se acabó del todo la pipa.

Acto seguido dirigió su vista al punto de la pared en que todos tenían clavada la mirada. Y, tras aproximar sus ojos un poco miopes al grueso muro, vio que allí, como grabado con algún objeto punzante, había lo siguiente:

7,8,9,11,3,4,0,1,2,3,4,5,6,7,8,0,7,8,9,13,4,3,0,8,
7,6,5,4,3,0,7,8,9,11,3,4,0,2,1,8,7,6,5,16,12,0,7,9
13,4,3,0,1,2,10,14,0,1,2,3,4,5,6,7,8,00,8,9,15,7,0
1,2,3,4,5,6,7,8,0,1,2,3,12,16,8,7,13,0,7,8,1,2,3,4
16,12,0,8,9,15,7,0,1,2,3,4,5,6,7,8,00,3,00,7,8,1,2
3,12,16,0,7,8,1,2,3,4,16,12,0,2,1,8,16,12,4,5,6,0
1,2,3,4,5,6,7,8,0,2,1,8,16,12,4,5,6,00,8,9,15,7,0
21,8,7,6,5,16,12,8,1,2,3,12,16,13,0,1,2,8,7,6,5,16
12,0,2,1,8,7,6,5,0,7,8,1,2,3,4,16,12,00,6,00,7,8,9
13,16,0,1,2,10,14,0,7,8,1,2,3,12,16,13,0,7,8,1,2,3
4,12,16,0,2,1,8,16,12,4,5,6.

---

(1) ¡Por los siglos eternos!

Los números eran muy pequeños y estaban trazados con bastante torpeza.

—A ver, ¿dónde está el loco del barrio? —dijo el comisario después de estar observando durante un buen rato la lista de números grabados en el muro.

—¿Y por qué pregunta por el loco del barrio? —intervino el párroco.

—Porque esta inscripción sólo puede ser obra de un tipo completamente chiflado. Aquí hay escritos doscientos cuarenta y nueve números sin ton ni son... Ya me dirán ustedes si no es la obra de alguien a quien no le funciona bien el coco... Nada, no tiene interés.

—¿Seguro que son números sin ton ni son? —preguntó Castrillo.

—Desde luego. Soy experto en claves y estas cifras no pueden corresponder a ninguna. De todos modos, que venga alguien de la comisaría para analizar si se han inscrito recientemente...

—Sin duda alguna que son recientes —intervino el párroco—, puesto que hoy es el primer día que yo veo esas cifras.

El comisario le miró de arriba abajo sin decir nada.

—Bien, vamos a ver ese subterráneo —indicó Antonino.

Y, apenas habían dado unos pasos, se oyó la voz de Castrillo.

—¡Eh, comisario! Fíjese...

—¿Qué ocurre?

—El señor devoto que se ha colado en la iglesia está copiando los números de la pared.

Antonino se detuvo y lanzó una ojeada sobre dicho señor devoto. En un cuadernito estaba copiando las inscripciones del muro con un lápiz muy pequeño. Tenía la nariz de punta y unas gafas de cristales gordísimos. El comisario se dirigió hacía él.

—Oiga, buen hombre, ¿me puede decir qué hace usted?

El señor de la nariz de punta respondió bastante atemorizado:

—Oh... Co... Copiaba estos números... Soy Abelardo de la Fuente, taxidermista, con Documento Nacional de Identidad número 19.339.773. Es que soy un gran amante de los enigmas, ¿sabe usted?, de las inscripciones en templos, tumbas, pirámides y mastabas; de los jeroglíficos y de los dibujillos extraños que se encuentran en las paredes de los edificios vetustos...

Antonino le observó fijamente durante unos instantes. Bueno, aquel tipo debía estar tan chiflado, poco más o menos, como el que había grabado los números.

—Pues nada; siga usted, hombre... Muchachos, vamos a lo nuestro —les dijo Antonino a Sánchez y Castrillo.

Y el piadoso señor siguió con su tarea.

El comisario y sus hombres, más el párroco y el monaguillo, se desplazaron junto al mismo muro de las inscripciones. A unos diez metros de donde estaban éstas, Sánchez se detuvo al borde de un negro agujero abierto en el suelo. Junto a él, reposaba una de las grandes losas que cubrían el suelo del templo.

—Al pasar por aquí —informó Castrillo—, nuestros pasos resonaron a hueco y, por pura rutina, miramos al suelo... Entonces vimos que esta losa no estaba fija como las demás... Al levantarla, encontramos este orificio, que parece ser la entrada de un pasadizo subterráneo.

—¿Tampoco conocía su existencia? —le dijo Antonino a don Gumersindo con aire bastante fanfarrón.

—No... Francamente, no.

—Pues, con todos mis respetos, es usted el cura más despistado de esta Comunidad Autónoma... Porque los números de la pared puede que sean recientes, pero este subterráneo debe contar con algún que otro siglito de edad...

Ahora, quien se puso del color de los tomates maduros fue don Gumersindo.

—*Potentissima Maria!* (1) Me ofende usted.

—Bueno, muchachos, vamos adentro —dijo el comisario—. A ver, Crispín; tráenos alguna de esas lámparas de aceite que hay por ahí.

El chico salió disparado.

Poco después, el comisario, Sánchez y Castrillo, tras descender por unos toscos escalones de piedra desgastada, se encontraron en un lóbrego pasadizo sub-

(1) ¡Poderosísima María!

terráneo. Las paredes y el techo estaban cubiertos por la misma clase de sillares con que se había construido el templo. El suelo era de tierra. Estaba húmeda, y los sillares se veían negruzcos y mojados a la llama vacilante de la lamparilla. El pasadizo era tan bajo, que los tres hombres tenían que avanzar agachados. A veces, por los intersticios de los sillares aparecía y desaparecía el hocico tembloroso de una rata.

—¡Eh! ¡Comisario! —advirtió Castrillo, que iba el primero—. Este subterráneo no tiene salida. Termina aquí.

En efecto, a unos cuarenta metros de la entrada, el angosto corredor quedaba interrumpido por una pared de tierra negra y pegajosa.

—Parece que es una construcción que se comenzó a realizar hace siglos y luego se abandonó a medio hacer... —dijo Sánchez.

—Bien, regresemos arriba, ¡aquí huele a rayos! Nada de interés... Salvo una cosa —dijo el comisario con tono misterioso.

—¿Qué cosa? —interrogaron a coro Sánchez y Castrillo.

—He encontrado en el suelo un papel arrugado... Y parece nuevo.

—¿A ver? —dijeron otra vez al mismo tiempo Castrillo y Sánchez.

—Os lo enseñaré arriba.

Nada más salir del subterráneo, el párroco, el monaguillo, la señora piadosa y el señor piadoso, hicieron un corro en torno a los policías. Antonino, inmediatamente se dirigió a don Gumersindo con el papel que había encontrado en el interior del subterráneo. Los catorce ojos de cuantos estaban allí presentes se clavaron en dicho papel. Era del tamaño de una octavilla y en él se podía ver dibujado y escrito lo siguiente:

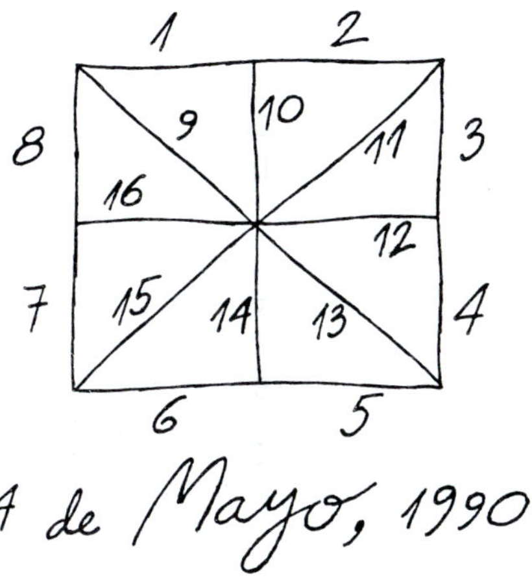

—¿Qué me dice usted de esto, señor párroco? Como ve, se trata de un papel nuevecito... Y lo más importante: con la fecha de ayer...

—Lo... Lo... Lo que significa... —balbució don Gumersindo—. Lo que significa que alguien ha estado en el interior de ese pasadizo *también ayer...* ¡Y la letra es de Amadeo!

Al comisario se le abrieron los ojos como platos soperos.

—¿Seguro que es la letra del sacristán?

—Seguro, segurísimo, con toda seguridad.

—¡Andando! Vamos a ver a ese pájaro de cuenta.

Cuando penetraron en la sacristía, Amadeo, con los puños colocados en sus sienes, observaba con la mayor concentración del mundo su tablero de las tres en raya. Como si estuviese haciendo profundos cálculos y cavilaciones sobre tan insulso juego.

—¿Qué tal, caballerete? —dijo Antonino nada más colocarse junto a él.

—Ya ve... —contestó el otro haciendo ademán de ponerse en pie.

—No, no... Quédese sentado, hombre... —dijo Antonino, mientras se acomodaba en la otra silla—. Vamos a ver; ¿conocía usted la existencia de un subterráneo en esta iglesia?

—¿Un subterráneo? No... No, señor.

Entonces, con gesto triunfante, Antonino colocó sobre la mesa, frente a los ojos del sacristán, el papel encontrado en el lóbrego pasadizo. El rostro de Amadeo no se alteró lo más mínimo.

—¿Es suyo este papel?

—Sí... Se trata de uno de los muchos esquemas que yo hago para estudiar combinaciones posibles de las tres en raya... —respondió con la voz más tranquila del mundo.

—¡Ajá! De eso ya me he dado cuenta, señor mío... Pero también me he dado cuenta de lo que pone debajo; 14 de mayo de 1990... Usted hizo este esquema ayer mismo, puesto que hoy es 15 de mayo de 1990, ¿no es eso?

—Sí...

—Muy bien. ¿Y me quiere decir cómo estaba este

papel en el interior de cierto subterráneo que hemos descubierto en la iglesia, si usted *no conocía* dicho subterráneo?

Ahora, el sacristán miró a todos con el rostro completamente turbado, mientras se ponía tan blanco como la tiza.

—Yo... Yo...

—¡Me ha mentido, señor mío! —exclamó de pronto Antonino dando un puñetazo sobre la mesa—. Y le diré algo más... Utilizando las llaves que usted tiene de la iglesia y de la capilla de San Torcuato, penetró durante la pasada noche en este templo, cogió el cáliz y ahora debe estar escondido en algún lugar de ese subterráneo...

—¡No! ¡Eso no! —gritó despavorido el sacristán—. ¡Yo no he robado el cáliz! ¡Se lo juro! ¡Jamás cometería un sacrilegio así!

—Eso puedo asegurarlo —dijo entonces don Gumersindo.

Antonino se volvió como una flecha hacia el sacerdote.

—¿Qué es lo que puede asegurar?

—Que Amadeo no robó el cáliz.

—A ver, explíquese usted.

—Pues verá —comenzó el párroco—, ayer, hacia las ocho de la tarde, Amadeo se despidió de mí para marcharse a su casa, como todos los días a esa misma hora... Él vive en un barrio de las afueras... Yo me quedé aquí, en la sacristía, tan sólo unos minutos más, y enseguida salí a la iglesia para cerrarla...

Antes, como siempre, me di una vuelta por todos los rincones por si alguien se quedaba dentro... Luego cerré las puertas del templo, echando los tres gruesos cerrojos que tiene cada una... De regreso, pasé a la capilla de San Torcuato para orar unos momentos, como también hago todos los días... Y aún estaba el cáliz en su sitio... Después me retiré a mi vivienda, que se comunica con esta sacristía... Y fue esta mañana muy temprano, cuando me dirigía a abrir de nuevo las puertas, cuando vi que no estaba nuestro cáliz...

—Luego, ha sido robado mientras las puertas del templo estaban cerradas *por dentro* —dijo Castrillo—. Parece imposible...

—Todo lo que ha dicho don Gumersindo está muy bien —intervino Antonino—. Pero Amadeo pudo regresar más tarde, pasar a la iglesia con sus llaves, dirigirse a la capilla...

—*Miserum me! Quod verbum audio?* (1) —interrumpió el sacerdote—. Sus deducciones son una verdadera chapuza... ¿Cómo iba a abrir la iglesia con sus llaves si estaban echados los cerrojos *por dentro*?

El comisario hizo unos rarísimos movimientos con sus labios, como si estuviera dándole chupaditas a una pipa invisible.

—Oiga, ¿puedo fumar aquí? —dijo después.

—En la sacristía, pase. Pero, ¡ah!, tiró su pipa.

Entonces el comisario, con el gesto de un chico la mar de travieso, metió la mano por las profundida-

(1) ¡Mísero de mí! ¿Qué es lo que oigo?

des de sus ropas y, poco después, aparecía entre sus dedos otra pipa, reluciente y nuevecita.

—Je, je... Siempre llevo varias de repuesto.

Y, poco después, estaba proyectando hacia el alto techo de la sacristía orondas nubes de humo.

—Esta bien; repito que todo lo que usted dice está muy bien, don Gumersindo. Pero... —y entonces se volvió con ojos centelleantes hacia Amadeo y le apuntó amenazadoramente con su dedo índice—. ¿Me quiere decir el señor sacristán cómo diablos se explica que este papel, con su *letra,* escrito *ayer*, estuviese en el subterráneo *hoy*?

Amadeo permaneció en silencio durante unos instantes, con la mirada baja, mientras el comisario, el párroco, Crispín, Castrillo, Sánchez, así como la señora y el señor piadosos (que se habían colado en la sacristía) le observaban convertidos en catorce orejas expectantes. Al fin, el sacristán habló con voz lúgubre:

—Yo... Yo... Sí... Conocía ese subterráneo... Y... Y lo utilizaba para... Para guardar mis botellas...

—¡¿Tus botellas?! —exclamó el párroco.

—¡¿Sus botellas?! —dijo Antonino.

—Sí... El señor párroco no lo sabe, pero... soy algo aficionado a la bebida. De vez en cuando tengo que tomar un trago...

—*In nomine Patris, et Filii, et Spiritus Sancti, amen!* —gritó don Gumersindo.

—Y guardo algunas botellas en el subterráneo... Cuando el señor párroco está ocupado, bajo y me refresco el paladar un poco... Como el agujero se encuentra tras una gruesa columna, si hay alguien en la iglesia, no me ven... Pueden... Pueden comprobar ustedes que las botellas están ahí abajo. Ese gráfico de las tres en raya se me debió caer ayer del bolsillo. Bajé un par de veces...

Los ojos del comisario miraban absortos al sacristán y de su pipa apenas salía un hililllo de humo. Miró a todos los presentes con los ojos extraviados. Y, de pronto, como si saliera de un sueño, se puso en pie casi de un salto.

—¡Vamos! ¡Despejen todo esto! ¡Sánchez! ¡Castrillo! Id con este hombre a comprobar lo de las botellas y, de paso, registrad a fondo ese pasadizo... Y a mí dejadme solo hasta que os llame de nuevo... Tengo que meditar...

El comisario permaneció todo el día en la iglesia, dando solitarios paseos por los rincones más apartados y oscuros del templo, mientras el párroco decía sus misas. Los fieles entraban y salían continuamente, con sus paraguas y sus impermeables. Y todos hacían grandes aspavientos al enterarse de que habían robado el cáliz de San Torcuato.

Sánchez y Castrillo, acompañados por Amadeo, bajaron al subterráneo y, en efecto, allí encontraron escondidas, bajo una poca tierra del suelo, dos botellas de vino blanco de Valdepeñas de lo más fresquito. Salvo dichas botellas, no había nada más en tan siniestro agujero. Y un técnico que llegó desde la comisaría hacia las tres de la tarde, confirmó que los doscientos cuarenta y nueve extraños números de la pared, habían sido grabados muy recientemente.

A las ocho de la tarde, cuando Sánchez y Castrillo entraron sigilosamente en la iglesia desierta para ver qué hacía su jefe, distinguieron un bulto rechoncho en la oscuridad de la capilla de San Torcuato. Era el comisario. Estaba arrodillado sobre un reclinatorio, con las manos entrelazadas sobre el pecho y los ojos suplicantes dirigidos hacia el santo. Sus labios se movían como si estuviese murmurando algo él solo. Tras observarle unos instantes, los dos policías se retiraron de puntillas.

Y lo que murmuraba Antonino no era otra cosa que esto:

—Anda, hombre, San Torcuato, ilumina mi enmarañado cerebro a ver si doy con la solución de este caso... Los dos somos gorditos y nos parecemos bastante... Te traeré dos docenas de velas y la mejor pipa de mi colección... Vamos a ver, Amadeo se marchó a las ocho y no pudo entrar de nuevo en la iglesia, ni nadie pudo hacerlo, pues estaban los cerrojos echados por dentro... Y si después de cerrar el párroco aún estaba el cáliz en su sitio, ¿quién y cómo pudo llevárselo? Mira, San Torcuato, no me hagas pasar por el bochornoso trance de ir a consultar otra vez con Alejandro Simón...

Pero San Torcuato siguió en su ornacina sin iluminarle su enmarañado cerebro, ni hacerle ningún gesto con los ojos, ni nada. Así que, poco después, Antonino se encontraba parado frente a la iglesia, junto al borde de la acera, cubriéndose del aguacero con su paraguas a franjas azules y naranjas. Parecía esperar algo. Y, en efecto, esperaba un taxi. Cuando llegó el primero, lo detuvo, se metió en su interior y le dijo al taxista:

—Al café *El Gato Negro.*

Bueno, pues sí. Había tomado la penosa decisión, una vez más, de ir en busca de Alejandro Simón. Era éste el famoso detective privado, experto en fósiles, al que más de una vez había tenido que recurrir cuando un caso se le resistía completamente.

Al entrar en el café, le vio al fondo, en su mesa de costumbre. Como siempre, tenía frente a sí un chocolate con picatostes y estaba enfrascado en la lectura de un voluminoso tomo sobre Prehistoria, de letra muy pequeña. Vestía con su elegancia habitual: un traje gris cruzado con finas rayitas negras, gafas redondas y corbata roja a lunarcitos. El pelo planchado con gomina brillaba a la luz de los fluorescentes. Levantó la vista y vio a Antonino.

—¡Caramba, comisario! ¿Qué le trae por aquí?

—Psché... Nada de particular... —dijo Antonino con el gesto más sombrío del mundo.

—Siéntese, por favor... Un café solo con tres terrones de azúcar, ¿no es eso?

—Bueno...

Alejandro Simón le miró directamente.

—En fin, cuénteme.

—¿Y qué quiere que le cuente?

—¿Algún problema?

El comisario siempre se resistía a declararle sus fracasos. De modo que miró hacia todas partes, soltó tres o cuatro nubecitas de humo, carraspeó y, al fin, dijo:

—¿Conoce usted el cáliz de San Torcuato?

—Oh, desde luego... Es una valiosísima reliquia del siglo XII, realizada en ónice, que actualmente se conserva en la parroquia de San Pedro. Según algunos investigadores perteneció al teólogo Torcuato de Talavera; es decir, San Torcuato el Filósofo... Pero yo discrepo de esta opinión... Según el códice...

—Ha sido robado —dijo Antonino sin más, interrumpiendo la erudita perorata de Alejandro Simón.

—¿Robado?

—Efectivamente. Y *yo,* precisamente *yo,* me encargo del caso...

—¡Excelente! Por favor, cuénteme cómo lo ha resuelto...

El acostumbrado color tomate que subía desde la papada de Antonino hasta su calva en los momentos decisivos, efectivamente, subió hasta su calva. Las cejas del comisario se pusieron de punta y comenzó a hablar como si estuviese enfadadísimo.

—¡Vamos, señor mío! No tolero que usted se mofe de mí en mis propias narices... NO LO HE RESUELTO. Y usted lo sabe perfectamente. ¡Ah, pero esta vez no va a ser como las otras! ¡Ni mucho menos! Esta vez también usted va a fracasar estrepitosamente.

—¿Me puede contar los detalles de ese robo?

—Con mucho gusto, hombre.

Y el comisario Antonino, durante veinte minutos, expuso el caso a Alejandro Simón con toda clase de pormenores, aun los más insignificantes. Mientras hablaba, el joven detective permaneció con sus pupilas clavadas en el comisario. Parecía como si su mente estuviese recogiendo cada una de las palabras que escuchaba para archivarlas en el cerebro. Antonino terminó su relato.

—¿Conserva usted el gráfico de las tres en raya que encontró en el subterráneo?

—Por supuesto... Pero, vamos, me parece a mí que es un papelucho sin el menor interés.

—Enséñemelo, se lo ruego.

Antonino buscó afanosamente por todos sus bolsillos durante un buen rato, hasta que, al fin, apareció entre sus dedos un papel bastante arrugado. Junto a él iba otro.

—Aquí tiene... Como ve, es un irrisorio esquema sobre ese ridículo juego...

—¿Y el otro papel?

—¿El otro? Bueno, se trata de una copia de los números grabados en el muro de la parroquia... La hicieron mis hombres por pura rutina... Es la obra de un chiflado y tampoco tiene el menor interés.

—¡Ah! Excelente... Esa copia me evita ir a la iglesia para ver los números por mí mismo...

Y, acto seguido, Alejandro Simón colocó los dos papeles sobre la mesa, uno al lado del otro. Después, con sus puños apoyados en las sienes, permaneció mirándolos sin pestañear durante quince minutos.

—¡Voto a cien mil lagartijas, señor Simón! —exclamó al fin Antonino—. ¿Me quiere usted decir qué hace hipnotizado por dos papeles que nada tienen que ver con el caso? Buscamos a *un ladrón*, a un caco que se coló en la iglesia como si fuese un espíritu, atravesando una puerta cerrada por dentro con tres gordísimos cerrojos de la Edad Media...

Pero Alejandro Simón, mientras decía esto Antonino, había tomado su pluma estilográfica y, sobre una cuartilla de las que tenía junto a su libro de Prehistoria, estaba escribiendo algo, muy despacito. Cuando terminó, sin decir nada, le mostró lo que había escrito a Antonino. Era lo siguiente:

MONUMENTO DORADO. 3 PASOS
DERECHA. 6 ATRAS

—¿Eh? ¿Qué diablos es esto? —exclamó Antonino al ver aquellas palabras—. ¡Me está usted poniendo los nervios de punta, caballero!

—Calma, comisario... ¿Conoce el Monumento Dorado, esa especie de obelisco que está en el parque del Este?

—Por supuesto que lo conozco. Cuando era pequeño iba a jugar todos los días por sus alrededores...

—Pues, bien, caminando tres pasos a la derecha desde ese monumento, y luego seis hacia atrás, encontrará usted enterrado el cáliz de San Torcuato.

Los ojos de Antonino parecieron salirse de sus órbitas.

—¿Se está usted quedando conmigo? ¡No me diga que también es adivino!

—En absoluto, comisario... Toda la información sobre el lugar donde se encuentra el cáliz robado está en estos dos papeles... —dijo Simón, señalando el gráfico de las tres en raya y la lista de números...

—¿Co...? ¿Cómo dice?

—En cuanto he visto el supuesto gráfico de las tres en raya, me he dado cuenta de que no era tal cosa. En ese juego las fichas se colocan sobre las intersecciones de dos o tres líneas... Y este gráfico lo que tiene numeradas son las líneas mismas, no sus intersecciones. Luego, ¿para qué podía servirle al sacristán?

—Lo ignoro totalmente.

—No es un gráfico de las tres en raya... Es la clave para la escritura cifrada más ingeniosa que ha llegado nunca hasta mis manos.

—¿Clave? ¿Ha dicho clave?

—Así es. Observe...

Alejandro Simón reprodujo sobre la cuartilla el gráfico del sacristán.

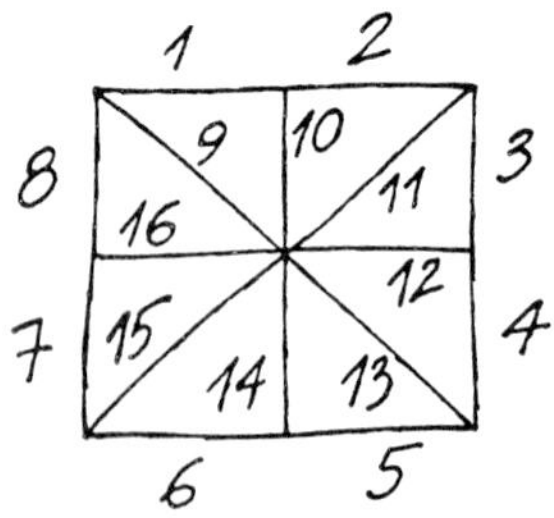

EL GATO
NEGRO

—Ahora observe la lista de los números —siguió Alejandro—. Los que vemos en primer lugar son 7, 8, 9, 11, 3 y 4. Pues bien, si sobre el gráfico repasamos bien las líneas que corresponden a esos números, vea lo que resulta:

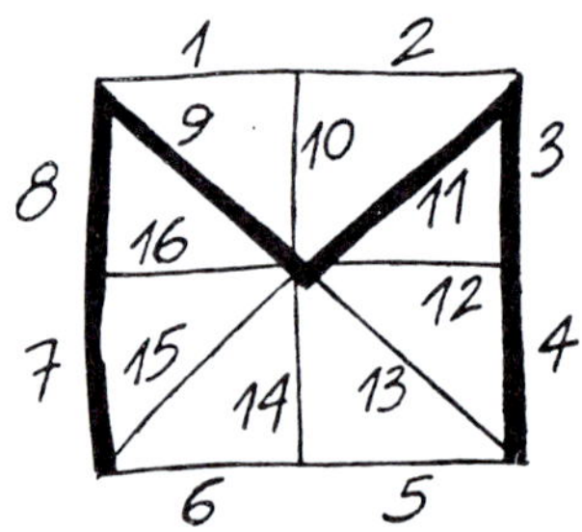

—¡Una EME! —exclamó estupefacto Antonino.

—Exacto. El cero sirve para separar letras. Dos ceros esperan las palabras. Si seguimos con este procedimiento, obtendremos la frase completa que he escrito antes: «Monumento Dorado. 3 pasos derecha. 6 atrás».

Antonino, durante unos segundos, se quedó mirando al detective completamente alelado. Apenas un fino hilillo de humo brotaba de su pipa. Después, inesperadamente, reaccionó con su vivacidad de siempre.

—¡Muy bien, caballerete! Acaba de descubrir usted un nuevo lenguaje cifrado la mar de original, efectivamente. Pero, ¿quién robó el cáliz? ¿Eh? De eso no tiene la menor idea el señor...

Alejandro habló con toda la tranquilidad del mundo.

—Lógicamente, la misma persona que dibujó esta clave. O sea, Amadeo, el sacristán.

—¿Ah, sí? ¿Y cómo, amigo mío? ¿Se filtró en la iglesia atravesando los muros?

—No; no tuvo necesidad de entrar en la iglesia... Porque *nunca salió* de ella la noche del robo.

La pipa de Antonino ya no humeaba nada en absoluto.

—Cuando el sacristán se despidió del párroco a las ocho, no salió a la calle. Lo que hizo fue esconderse en el subterráneo que sólo él conocía... Y una vez que el sacerdote cerró las puertas de la iglesia y se retiró a su vivienda, Amadeo surgió de nuevo de su escondrijo. A partir de ese momento, el sacristán tuvo una noche muy agitada... Verá... Cogió tranquilamente el cáliz de San Torcuato, abrió los cerrojos de una de las puertas, y la cerradura, con sus llaves... Salió a la calle... Y encaminó sus pasos hacia el parque del Este, donde enterró la reliquia. Tres pasos a la derecha del Monumento Dorado, y seis hacia atrás. Y regresó a la iglesia. Una vez dentro, volvió a cerrar con sus llaves y echó los tres cerrojos. Y se dispuso a grabar en la pared los números que tenemos en este papel. Un trabajo que le debió llevar por lo menos una hora... Pero tenía toda la noche para él, mientras el párroco dormía en su vivienda... El mensaje en clave grabado sobre el muro estaba destinado a algún compinche suyo, que deberá recoger el cáliz en el lugar indicado. Atrapar a ese compinche es cosa suya, comisario...

—Sí... Tal vez Abelardo de la Fuente, Documento Nacional de Identidad 19.339.773... —se oyó un suspiro de voz que partía del comisario.

—Y una vez grabados los números, Amadeo se metió de nuevo en su pasadizo secreto... Allí esperó a que amaneciese y a que don Gumersindo volviese a abrir las puertas de la iglesia. En un momento oportuno abandonó su escondite y apareció ante el párroco, como si llegase de su casa... Eso es todo... Amadeo es el inventor del lenguaje cifrado, completamente original. Su afición a las tres en raya le llevó a imaginarlo. Le aseguro que, de no haber tenido la clave delante, no la hubiera descifrado nunca... Lo más complicado es que las letras se pueden escribir de varias formas y eso confunde completamente. Mire: la O puede ser 1, 2, 3, 4, 5, 6, 7, 8. Pero también 8, 1, 10, 16. O bien 9, 2, 3, 13. Y también...

Pero Antonino no le oía. Se había quedado mudo y tan sólo miraba fijamente al detective.

—¡Ah, se me olvidaba! —siguió Alejandro—. Las botellas de vino que sus hombres encontraron en el subterráneo, no sé si son una treta de Amadeo para despistar a la policía o bien estaban allí porque le gusta beber de verdad...

Antonino seguía mirándole como si estuviese hipnotizado.

—¿Qué le ocurre? ¿Por qué me ira así?

Y, de pronto, lo mismo que si saliera de un sueño, el comisario reaccionó de sopetón lleno de alegría.

—¡Formidable! Lo reconozco, sí, señor. ¡Formidable! Es usted el mejor, el número uno, Alejandro. ¡Choque esos cinco! Mañana está invitado a comer... Y ahora me voy corriendo al Monumento Dorado con mis hombres... Y a pescar a ese sacristán con sus compinches...

Alejandro, con una sonrisa en los labios, vio cómo un hombre rechoncho zigzagueaba vertiginosamente entre las mesas del bar camino de la puerta. Iba dejando a su paso una espesa estela de humo.

2 El triunfo de Antonino

AQUELLA agradable y soleada mañana de otoño una fila de relucientes coches de los últimos modelos se iban deteniendo, uno tras otro, ante la señorial puerta del Gran Hotel Cometa. Estaba situado frente a una playa solitaria y hasta él llegaba el suave rumor de las olas.

De los relucientes coches descendían señores de todas las razas, alturas, colores y grosores. Abandonaban los automóviles y penetraban en el hotel portando sus maletas, maletines o simples bolsas de viaje.

Y, a las 11,30 en punto, todo el mundo vio cómo se aproximaba un Seat 600 de color indefinible cuyo motor producía toda clase de ronquidos y estornudos extraños. También frenó ante el hotel, se abrió una de sus puertas y lo primero que salió del vehículo fue una densa humareda de color blanco. Después, surgiendo de aquella humareda, apareció un señor gordito y calvo que llevaba una pipa entre los labios, un maletín en su mano derecha y un gigantesco paraguas a franjas azules y naranjas en la izquierda. No era otro, claro está, que el comisario Antonino. Tras él saltó del estrafalario Seat 600 el joven inspector Castrillo.

Acto seguido, nuestros amigos penetraron en el vestíbulo del hotel la mar de decididos. Mas apenas habían dado tres pasos por dicho vestíbulo, el inspector Castrillo se detuvo de pronto.

—Pero, comisario, no me había dado cuenta hasta ahora de que se ha traído usted su paraguas... ¿Para qué lo quiere, si luce un sol radiante y no se divisan en todo el horizonte otras nubes que las de su pipa?

—Hombre prevenido vale por dos, Castrillo. En primer lugar, nunca se sabe si va a cambiar el tiempo en un abrir y cerrar de ojos... Y, en segundo lugar, si bajamos a dar un paseo por la playa y el sol aprieta, el paraguas nos servirá de sombrilla... ¿Has visto qué tamaño tiene?

—Pues no... Abierto no lo he visto nunca...

Y, ni corto ni perezoso, el comisario Antonino dejó el maletín en el suelo y desplegó su paraguas en medio del tumulto de personas que iban y venían por el vestíbulo. Abierto era verdaderamente gigantesco.

—¿Qué? ¿Qué te parece, Castri...?

Pero el comisario no pudo terminar la palabra «Castrillo». Le detuvo una aterrorizada voz de señor que surgía de alguna parte.

—¡¡No!!

El comisario miró sobresaltado en todas direcciones. Un hombre alto y voluminoso, provisto de unos grandes bigotes negros, se precipitaba hacia él por su derecha con gesto de terror.

—¡No, por favor! —volvió a gritar aquel señor deteniéndose junto al comisario.

—Pero ¿qué le ocurre, buen hombre? —preguntó Antonino asombrado.

—¡Por el amor de Dios, cierre ese cacharro! ¿No sabe que un paraguas abierto en el interior de una habitación trae malísima suerte?

—Pues no... No lo había oído —dijo el comisario, mientras comenzaba a cerrar el paraguas muy obediente.

—Pues así es, señor... Soy el director del Gran Hotel Cometa, y también soy el hombre más supersticioso del mundo. Ni gatos negros, ni el número trece, ni paraguas abiertos, ni sal vertida sobre una mesa, ni ninguna de esas horribles cosas las permito en mi formidable hotel.

—Bueno, bueno... Usted perdone... —dijo el policía—. Yo soy el comisario Antonino y este joven es el inspector Castrillo. Venimos al congreso de detectives y tenemos reservadas dos habitaciones.

—¡Oh! ¡El famoso comisario Antonino! Encantadísimo de conocerle en persona —dijo el director abriendo mucho los ojos—. Vengan, vengan... Acompáñenme a recepción y les dirán el número de sus habitaciones.

En efecto, en aquel hotel se celebraba el *XXIII Congreso Anual de Detectives.* Y todos los señores que iban llegando en sus relucientes coches y se cruzaban por el amplio vestíbulo con sus variados equipajes eran precisamente eso: detectives.

Una señorita recepcionista miró un libro que tenía sobre su mostrador, buscó algo en él pasando las páginas y dijo al fin:

—Aquí está. Comisario Antonino e inspector Castrillo: habitaciones 37 y 39; piso tercero.

—¡Oh! Ustedes disculpen —dijo entonces el director—, pero con la avalancha de detectives que están llegando en este momento, tendrán que esperar un poco para que algún botones les suba el equipaje a sus habitaciones...

—¡Ah, no se moleste! —respondió enseguida Antonino—. Llevamos poco peso. Buscaremos las habitaciones por nuestra cuenta.

—Como quieran... Aquí tiene las llaves. Ya saben, piso tercero...

Poco después, Antonino y Castrillo deambulaban por los silenciosos pasillos de la tercera planta buscando las habitaciones 37 y 39. El suelo estaba cubierto por una gruesa alfombra rojiza y ciertas lámparas adosadas a las paredes producían una luz tan tenue que casi no se veía nada. Era un hotel de estilo antiguo, con sólidas puertas de buena madera. Los números eran grandes y de bronce, en relieve, y estaban perfectamente limpios y dorados.

—¡Magníficos números! —exclamó Antonino.

—Sí, pero no encontramos nuestras habitaciones a pesar de ser tan magníficos...

El pasillo por el que caminaban torcía cada diez metros o cosa así, y torcía tantas veces que se encontraban como en medio de un laberinto. Lo que ocurría es que, por ejemplo, entre una esquina y la siguiente estaban los números 20 al 30; pero luego, al doblar, no venía el 32, sino el 62, pongamos por caso. Así que era un lío.

Al cabo de veinte minutos de dar vueltas y más vueltas por los solitarios corredores, Antonino dijo muy serio:

—¿No sería conveniente pedir socorro, Castrillo?

—Hombre, comisario, dos policías pidiendo socorro porque no encuentran sus habitaciones en un hotel yo creo que resultaría bochornosísimo.

—Bueno, no digo yo que gritemos «¡socorro!» «¡auxilio!», sino: «¡Eh! ¿Hay alguien por ahí que sea del hotel?» ¿Comprendes, Castrillo?

—Sí... Bueno, eso puede valer. Pero también podemos regresar al vestíbulo y que nos acompañe alguien hasta nuestras habitaciones.

—Ya lo he pensado. Pero ocurre que tampoco sabemos volver al vestíbulo...

—Pues es ver...

—¡Silencio! —dijo entonces el comisario bajando la voz.

—¿Qué ocurre? —siguió Castrillo bajando también la voz.

—¿No oyes?

Castrillo se puso a escuchar con toda su atención a

ver si oía algo. Y, en efecto, oyó algo. Estaban junto a una de las muchas esquinas que formaban aquellos malditos pasillos. Y, al otro lado de la misma, el inspector percibió el suave roce sobre la alfombra de unos pasos que avanzaban despacio, muy despacio... Bueno, avanzaban lo mismo que si el dueño de dichos pasos tratase de pasar inadvertido.

—Son dos personas las que se aproximan... —dijo Antonino.

—¿Y cómo lo sabe?

—Oigo dos clases distintas de crujido de zapatos...

—Pues ya están aquí mismo...

—Prevenido, Castrillo.

Primero, lentamente, aparecieron en el suelo las silenciosas sombras de dos personas que parecían muy altas. Y luego...

—¡Comisario! ¿Qué hace usted aquí?

—¡Simón, amigo mío!

Quien había surgido frente al comisario y Castrillo no era otro que Alejandro Simón, el famoso detective experto en fósiles y cuyo cerebro privilegiado había resuelto ciertos casos imposibles para el comisario. Pero después de exclamar «¡Simón, amigo mío!» Antonino no dijo nada más. Había enmudecido de impresión nada más ver al personaje que iba junto al detective. Era un anciano muy alto, que parecía un poste, todo vestido de negro. A pesar del buen tiempo que hacía, llevaba un abrigo muy largo con las solapas subidas. Además, un sombrero calado hasta las cejas y gafas también negras. De modo que casi no se le veía el rostro. Antes de detenerse, el comisario había comprobado que andaba con pasos vacilantes, seguramente debido a su edad. Aquel tipo no dijo una sola palabra.

—En fin... ¡Je, je! —siguió tras unos instantes Antonino—. Aquí estamos... En el piso tercero... Buscando nuestras habitaciones...

Y, a la vez que decía estas palabras, le hizo un gesto disimulado a Simón con los ojos. «¿Quién es este extraño sujeto?», quería decir aquel gesto.

Pero el detective se comportó de la forma más enigmática del mundo. Cogió del brazo a su acompañante invitándole a que siguiera andando, y respondió tan sólo:

—Nos veremos después en el salón, comisario...

Antonino y Castrillo se quedaron parados en medio del pasillo con la boca abierta, mientras observaban cómo Alejandro Simón se alejaba al titubeante paso de su misterioso acompañante.

A la una del mediodía, el comisario y su ayudante se encontraban sentados sobre dos magníficos sillones en el salón del hotel. Era una estancia inmensa y toda ella estaba llena de otros señores sentados en tan magníficos sillones como los suyos. Unos leían el periódico, otros hablaban con la persona de al lado, otros se tomaban un *vermouth* o cosa parecida y otros no hacían absolutamente nada; es decir, estaban sentados sin más ni más.

—Comisario, todos éstos que se ven por aquí, ¿son detectives? —preguntó el joven inspector.

—Seguro que casi todos... A algunos los conozco de vista...

—Eh, fíjese en ese tipo de ahí enfrente... Estamos aquí media hora y no se le ha visto todavía la cara, tapada por el periódico... Parece como si se ocultase a propósito...

—Cierto, Castrillo... Más tarde tendremos que averiguar quién es, disimuladamente...

—¿Y aquél?

Ahora Castrillo se refería a un sujeto pelirrojo con una chaqueta a cuadros, bastante joven. Tenía unos auriculares en las orejas y una pequeña radio metida en un bolsillo. El tipo daba continuamente botecitos rítmicos sobre el sillón, al compás de la música que sólo él oía.

—Ése no creo que sea detective —dijo Antonino.

—¡Oh! Fíjese en aquella chica tan guapísima...

En esta ocasión Castrillo miraba embobado a una muchacha preciosa, con el pelo cortito y negro, que sostenía sobre las rodillas un ordenador de bolsillo y no hacía más que teclear y teclear en sus botones.

—¡Oh, realmente es muy bonita! —dijo Antonino—. No la conozco... Pero sí que podría ser detective...

—Buenas tardes, comisario.

Quien había saludado de improviso era un joven alto, elegantemente vestido con un traje gris cruzado. Usaba gafas redondas y su pelo peinado con gomina relucía como si estuviese mojado. Apareció de pronto junto a nuestros amigos sin saber cómo ni de dónde.

—¡Hombre, Alejandro! —dijo Antonino, mientras Castrillo seguía embobado mirando a la chica del ordenador—. ¡Por fin llega! Estaba impaciente... Siéntese, siéntese...

Alejandro ocupó un sillón junto al comisario.

—Oiga, Simón, me muero de ganas por saber quién era el siniestro individuo que le acompañaba antes... ¿Dónde se ha quedado?

—En su habitación...

—¿Y de quién se trata...?

—¡Oh! Usted siempre tan impaciente y curioso, comisario... Tengo que decirle que la personalidad de ese hombre es un asunto estrictamente secreto... Nada más. ¿Y usted? ¿Qué hace en un congreso de detectives privados si es un policía oficial?

—Bueno... —respondió Antonino con cara de bastante mal humor—. He sido invitado para dar esta tarde la conferencia del acto inaugural... Pero no se salga usted por la tangente, señor mío... Acabo de hacerle una pregunta y le recuerdo que represento a la ley y puedo obligarle a que me diga quién es ese misterioso individuo. Al que acompañaba usted de forma bastante sospechosa, por cierto...

Alejandro miró al comisario con gesto tranquilo y sonriente.

—¡Ah, comisario! ¡Es usted un torbellino! Se lo iba

a contar enseguida, sólo quería hacerle rabiar un poco...

—Ah, bueno...

Luego, el rostro sonriente del detective se transformó en otro completamente grave y serio.

—Absoluto secreto, comisario...

—Descuide.

Alejandro acercó su cabeza a la de Antonino y, antes de hablar, echó una ojeada hacía todas partes para cerciorarse de que nadie podía escucharle. Luego bajó su voz.

—Ese hombre que ha visto arriba es el anciano presidente de Lutecia. Está aquí de incógnito y nadie, salvo nosotros tres, sabe que se encuentra en nuestro país y en este hotel. Está aquejado de cierta enfermedad circulatoria y ha venido para que le vea uno de los mejores especialistas del mundo, que tiene su clínica en esta ciudad. Debido a los problemas que hay en su país, se teme que su presencia pueda ser detectada por ciertas organizaciones y sufra un atentado. Y el gobierno me ha encargado que le custodie de la forma más discreta posible... Eso es todo...

—¡El presidente de Lutecia! ¿Y le ha dejado solo?

—Está completamente seguro en su habitación... La he cerrado con llave y él ha echado el cerrojo por dentro... Y puede ponerse en contacto conmigo al instante por medio de este comunicador... —y Alejandro señaló un aparato que sobresalía un poco por el bolsillo superior de su chaqueta.

—¿En qué habitación están?

Alejandro Simón bajó aún más su voz.

—Estamos en el piso primero. Yo en la habitación número 11 y él en la siguiente.

Antonino soltó espesas nubes de satisfacción por su pipa.

—¡Muy bien! Ya me ha dejado completamente tranquilo, Simón... Y no necesito decirle que, si tiene algún problema, cuenta con mi ayuda.

—Muchas gracias, comisario. En fin, hablemos de otra cosa. De modo que va a dar usted una conferencia esta tarde... Por supuesto, no pienso perdérmela.

—En efecto... Una... Una conferencia... —Antonino, de pronto, puso cara de pena—. ¿Y sabe una cosa?

—No.

—Pues que estoy asustadísimo, más bien despavorido. Es la primera vez que hablo en público y...

Pero Antonino no pudo terminar la frase. De pronto, el hombre que había tenido todo el tiempo la cara oculta tras un periódico, se quitó de delante el periódico, se puso en pie y se aproximó a los sillones que ocupaban nuestros amigos.

—¿El comisario Antonino? —dijo el recién llegado.

—Sí, soy yo.

—¿Y el detective Alejandro Simón? —preguntó después aquel hombre.

—Sí —respondió Alejandro bastante sorprendido.

—Yo soy Mauricio Ruipérez y Pérez, el único detective ciego que existe en el mundo y sólo quería saludar a los dos mejores investigadores de estos últimos lustros... Es un honor para mí.

Y Mauricio Ruipérez y Pérez dejó su mano tendida en el aire para que la estrechasen el comisario y Alejandro. La pipa de Antonino humeó lo mismo que una locomotora antigua y sus cejas se pusieron de pico.

—Mucho gusto en conocerle, señor Ruipérez y Pérez. Pero, dígame: si es usted ciego, ¿me quiere explicar qué diablos hacía leyendo el periódico desde hace media hora?

—¿Me puedo sentar?

—Desde luego.

—Naturalmente, no leía el periódico... Sólo lo tenía puesto delante. Al principio, este asunto del periódico sólo lo ponía en práctica cuando estaba investigando algún caso; para despistar, ¿comprenden?

—Más o menos —dijo Antonino.

—Pero luego se ha convertido ya en una costumbre y lo hago en cualquier parte...

—¿Y qué investiga usted si no ve nada?

—Soy especialista en casos oscuros, ¿comprenden?

—Pues no.

—O sea, mi especialidad son los delitos cometidos en lugares que están a oscuras, donde yo, precisamente, me muevo como pez en el agua... Subterráneos, túneles, cuevas, casas con la luz cortada por falta de pago, etcétera.

Antonino y Alejandro Simón miraban atónitos a aquel señor. Castrillo, mientras, seguía embobado con la chica del ordenador, y cuando todo esto ocurría, de pronto, el joven pelirrojo de los auriculares se puso de pie. Luego se acercó directamente al grupo. Y una vez que estuvo delante de Antonino y Simón, empezó a hacer con las manos los gestos más extraños que puedan imaginarse. Alejandro le observó atentamente.

—¿Y usted qué desea? —preguntó Antonino con las peores malas pulgas, pues creía que aquel tipo se estaba burlando de ellos.

—Es sordomudo, comisario... Conozco perfectamente su lenguaje mímico y dice que también es detective y quiere saludar a los dos mejores investigadores de estos últimos lustros...

—¡Diablos! ¡Esto es el mundo al revés! Un ciego leyendo el periódico y un sordomudo escuchando la radio... —exclamó Antonino mientras le tendía la mano.

Después, el muchacho pelirrojo estuvo hablando por los codos durante un buen rato; bueno, haciendo gestos por los codos. Dijo que se llamaba Teodoro Chinchilla y que se ponía los auriculares y daba saltitos rítmicos allí donde estuviera, por una costumbre que había tomado de trabajar así. Pero, claro está, no oía absolutamente nada. Mediante su lenguaje mímico, siguió diciendo lo siguiente:

—Mientras todos creen que estoy distraído con la música, mi vista de águila ve, mira, observa, escudriña, escruta... Puedo saber lo que dice la gente por el movimiento de sus labios y mi especialidad son los casos por sorpresa.

—¿Por sorpresa? —dijo Antonino.

—Exactamente —siguió Chinchilla—. Yo me sitúo en cualquier calle populosa con los cascos, como si estuviese parado sin más ni más oyendo mi radio. Pero no. Estoy mirando, viendo, observando, escudriñando y escrutando los labios de todo el mundo. Y así descubro *por sorpresa* mil conversaciones en las que se traman crímenes, atracos, estafas, desfalcos, contubernios...

Y, apenas había dicho esto de «contubernios», la chica guapísima que estaba teclea que te teclea en un ordenador, se guardó dicho ordenador en el bolso, se puso en pie y, con el paso más gracioso del mundo, se aproximó al grupo de nuestros amigos. Castrillo enrojeció como un pimiento morrón al verla acercarse.

—Hola; soy Olga López, detectiva privada, y quería saludar a los dos mejores investigadores de estos últimos lustros...

La chica tendió su mano.

—Claro está —dijo Antonino—, usted no sabe una sola palabra de ordenadores...

—En efecto; tecleo para disimular...

—Bueno... Yo... —se oyó entonces la voz de Castrillo—. Yo soy Pedro Castrillo, ayudante del comisario... Y también tengo mis méritos en alguno de sus casos...

—Eso es muy cierto —intervino el comisario.

—¡Oh! ¡Encantadísima también de conocerte!

Y cuando Olga López estaba pronunciando estas palabras, otro de los señores que permanecía sentado en el salón se levantó de su magnífico sillón y se acercó al grupo con la misma intención que todos los anteriores. O sea, «saludar a los dos mejores investigadores de los últimos lustros». E, inmediatamente, se aproximó otro señor, y después otro y luego otro más. De modo que, minutos más tarde, todos los sillones del señorial salón estaban vacíos. Y alrededor de Antonino, Simón y Castrillo había una muchedumbre de personas, todas hablando a la vez, que saludaban y daban palmaditas en los hombros a nuestros amigos. Y, a cada minuto, se oía decir: «Son los dos mejores investigadores de los últimos lustros.»

Y de improviso, cuando todo este lío estaba en su mayor apogeo, todo el mundo se quedó callado al mismo tiempo. Se había escuchado una voz airada y bastante chillona en alguna parte de la sala.

—¡Intolerable! ¡Verdaderamente intolerable! —es lo que había dicho aquella voz.

La muchedumbre que rodeaba a Alejandro y Antonino, se volvió para mirar hacia el lugar de donde provenían aquellas palabras. Y, en medio del salón, vieron frente a frente al director del Gran Hotel Cometa y a un individuo pequeño y moreno de aspecto elegantísimo. Este señor agitaba las manos furioso mientras hablaba.

—¡Repito que intolerable! ¡I-nau-di-to! ¡Soy Mohamed Radifh! El hombre más rico del mundo... ¡Y usted me dice que el hombre más rico del mundo no tiene habitación en este hotelucho de mala muerte!

—Pero, don Mohamed —respondió el director con cara de pena—, ya se lo he explicado mil veces: se celebra en este hotel un congreso de detectives y no tengo ni una sola habitación libre...

—¡Muy bien! ¡Está muy bien! ¡Me quejaré al mismísimo ministro de Hoteles, Albergues y Cosas Parecidas, que es amigo mío. ¡Y a usted se le caerá el pelo, directorzucho de pacotilla!

Y, diciendo esto, el riquísimo Mohamed Radifh dio media vuelta y se dirigió a paso muy vivo hacia la salida del salón. El director se había quedado inmóvil, rojo como una fresa, sudando a chorros y frotándose nerviosamente las manos.

—¡Don Mohamed! —gritó de pronto.

El árabe riquísimo se detuvo y dio media vuelta.

—Está bien... Ahora recuerdo que... Bueno, sí; creo que le podré acomodar... En el primer piso.

Nada más oír aquellas palabras, el rostro de Alejandro Simón, que en aquel momento estaba sonriente observando la escena, se puso completamente serio de sopetón.

—Ustedes disculpen, señores —dijo Alejandro poniéndose en pie.

Y, a grandes zancadas, el joven detective se dirigió hacia la escalera que conducía hasta el primer piso. Antonino le siguió con la vista, mientras de su pipa se elevaban redondas nubecitas de humo.

A las cinco de la tarde, Antonino estaba más nervioso que nunca. No sólo porque su conferencia iba a dar comienzo dentro de unos segundos, sino porque no había podido encontrar por parte alguna a Alejandro desde el momento en que desapareció del salón. Bueno, ahora le estaba viendo, pero no podía decirle nada.

Lo que ocurría era lo siguiente. Antonino se encontraba de pie ante una especie de alto pupitre. Sobre el pupitre había un vaso de agua y un micrófono. Y ante él, ocupando las butacas de una inmensa sala mayor que un cine, estaban mil doscientos cincuenta señores aguardando a que el comisario empezase a hablar. Es decir, dos mil quinientos ojos que le miraban fijamente sólo a él. Y dos mil quinientas orejas atentísimas a que empezase a hablar. En la primera fila, sonriente, se encontraba Alejandro Simón, como dándole ánimos con su sonrisa. A Castrillo no le veía por parte alguna. Por la calva de Antonino empezaron a descender gruesos goterones.

—Ejem... —fue la primera palabra de su conferencia.

Y, después, los dos mil quinientos ojos y las dos mil quinientas orejas siguieron mirando y escuchando.

—Ejem, repito... Bueno, pues esto es una conferencia, según parece... Eso es: una conferencia, ni más ni menos...

Se oyó un ligero rumor en la sala.

—Voy... Voy a hablar de las pistas despreciables... O sea, de las pistas más ridículas e irrisorias con que podemos contar los policías para resolver nuestros casos... Es decir, los pelillos, los hilillos, los palillos mondadientes y las motillas de polvo... Empezaré por los pelillos.

Parecía que Antonino empezaba a animarse.

—Los más expertos investigadores han llegado a la conclusión de que los pelillos se dividen en pelillos de clase A y pelillos de clase B. Los pelillos de clase A son los más ridículos de todos. Los pelillos de la clase B no son tan ridículos, pero también dan bastante risa... Bueno, el caso es que tanto los pelillos A como los pelillos B son de una ridiculez completa...

Cuando llegó a este punto de su conferencia sobre las pistas irrisorias, Antonino se detuvo sorprendido. Todos los ocupantes del inmenso salón tenían la cabeza vuelta hacia la puerta del fondo. Es que fuera, de pronto, se habían comenzado a oír voces agitadas, ruido de carreras y un repentino tumulto de idas y venidas.

Y de improviso, tembloroso y demudado, apareció el director del hotel por el pasillo central de la sala.

—¡Un crimen! ¡Se ha cometido un crimen en el primer piso! ¡Socorro! ¡Ayúdenme!

Antonino vio cómo Alejandro Simón, repentinamente pálido, abandonaba su asiento de la primera fila como una centella y corría hacia la puerta del salón. El comisario abandonó su estrado e intentó seguirle. Pero todos los detectives del congreso se habían puesto en pie a la vez y formaban una masa humana impenetrable...

Las escaleras del vestíbulo y el salón estaban abarrotadas de detectives que querían subir a la primera planta. Antonino daba codazos a diestro y siniestro intentando hacerse camino inúltilmente. Hasta que, de pronto, tras echar unas vertiginosas nubes de humo por la pipa, gritó con todas sus fuerzas:

—¡Castrillo!

—Señor comisario, su ayudante está en la playa, dando un paseo con la señorita del ordenador... —respondió el director, que había surgido al lado de Antonino.

—¡Pues que vayan a buscarle inmediatamente! ¡Y ordene cerrar ahora mismo todas las puertas del hotel! Que nadie salga de él.

—Lo hice en cuanto supe que se había cometido el crimen.

Luego, Antonino hinchó su pecho todo lo que pudo y volvió a hablar a grandes voces:

—¡Señores detectives! ¡Escúchenme! Soy policía oficial, ya lo saben todos... Pues bien, les ordeno que despejen la escalera, que nadie suba arriba y que se marchen todos al salón a tomarse un café.

Después dirigió su voz hacia arriba.

—¡Si hay alguien en el piso primero, que baje inmediatamente! Excepto el señor Simón. Y no pregunten por qué.

Se escucharon voces de protesta por doquier, ya que todo el mundo quería subir a contemplar al hombre asesinado y el escenario del crimen. Pero, cuando Antonino dio algunos gritos más, todos los detectives despejaron el campo a regañadientes y se fueron al salón a tomarse un café. La escalera quedó libre.

Antonino, de seis saltos insospechados, teniendo en cuenta su grosor, se plantó en el piso primero. La habitación número 11 se encontraba justo al lado de la escalera. Frente a ella esperaba Alejandro Simón, tan tranquilo como si no hubiese ocurrido nada. La puerta de al lado se veía abierta.

—¿Cómo ha sido? —dijo el comisario nada más llegar junto al detective.

—Estrangulado.

—Pero, ¿de qué forma ha podido entrar el asesino? ¿No estaba la habitación cerrada con llave y echado el cerrojo por dentro?

—En efecto, comisario.

—¿Entonces?

Y, sin aguardar la contestación, el comisario se dirigió hacia la puerta abierta de la habitación inmediata. Se quedó quieto a la entrada, con los ojos muy abiertos, inmovilizado por la sorpresa, mientras su pipa humeaba a todo gas.

Tendido boca abajo sobre la alfombra de la habitación, un hombre yacía sin vida. Pero aquel individuo no era el anciano presidente de Lutecia, sino una persona mucho más menuda y morena... ¡El multimillonario Mohamed Radifh! Antonino volvió la cabeza hacia Alejandro con el desconcierto pintado en su rostro.

—¿Qué significa esto, señor Simón? ¿Acaso me ha mentido? Esta mañana, recuerdo exactamente sus palabras, me dijo que usted ocupaba la habitación número 11. Y el anciano a quien custodia, «la siguiente». ¿Cómo es que en «la siguiente» se encuentra ahora Mohamed Radifh?

—Oh, se trata de un malentendido, comisario... Verá: ya sabe usted que el director de este hotel es completamente supersticioso... Debido a eso ha suprimido el número 13 en todos los pisos... En realidad, esa habitación existe, aunque sin número y fuera de uso. De modo que la habitación que sigue a la número 11, en todas las plantas, no es la 13, sino la 15. Y entre ambas hay una vacía y sin número en la puerta... Por lo tanto, no le mentí. El anciano presidente, que se encuentra sano y salvo, ocupa la habitación siguiente a la mía, ya que la de en medio no cuenta...

La pipa de Antonino seguía humeando a toda máquina.

—Si esta habitación sin número no se utiliza nunca, ¿por qué está en ella este hombre?

—Es muy sencillo... Ante sus amenazas al director y, al no contar éste con ninguna habitación libre, le acomodó en ella de forma excepcional...

El comisario permaneció callado un minuto entero, como sumido en profundas y complicadas cavilaciones.

—Está bien... Me alegro por usted... De todas formas, se ha cometido un crimen y hay que descubrir al culpable... ¿Le ha echado ya una ojeada a la habitación?

—Sí...

—¿Y ha encontrado algo de interés?

—Nada importante, comisario... Entre, por favor...

El mobiliario de aquel cuarto «inexistente» no podía ser más sencillo y anticuado. Había allí una cama, una mesilla de noche, un silloncito, un armario y una especie de escritorio. Sobre la cama se veía abierta la maleta de Mohamed Radifh con sus pertenencias a medio sacar. Encima del escritorio, Antonino descubrió enseguida dos objetos colocados uno junto a otro.

—Aparte del contenido de la maleta, sólo estas dos cosas pueden tener algún interés para la investigación... Estaban en el suelo —dijo Alejandro.

—Un pañuelo y una pitillera de oro...

—En efecto... No creo que nos sirvan de mucho... El pañuelo es del propio Mohamed Radifh, como puede ver por estas iniciales bordadas en un pico: *M. R.*

—Sí...

—En cuanto a la pitillera, llena de cigarrillos turcos, estoy seguro de que también pertenece a la víctima... No todo el mundo puede tener un objeto de este valor...

—Comisario, ¿me buscaba?

Quien había dicho tales palabras no era otro que Castrillo. Acababa de aparecer en la habitación completamente sofocado, como si viniese corriendo desde la playa. A su lado surgió, igual de sofocada, la bellísima señorita Olga López.

—¡Diablos, Castrillo! Se comete un crimen en el hotel... ¿Y dónde está el señor inspector? ¡Pues dando paseítos por la playa! Vamos, a trabajar... Y que la señorita se baje al salón con los demás detectives a tomarse un café.

—¿No se podría quedar? —dijo Castrillo con cara de bueno.

—¿Quedarse? ¿Para qué?

—Verá, señor comisario... Es que... Ejem... Bueno, es que es mi novia.

Los ojos de Antonino se abrieron como si estuviese viendo visiones, mientras saltaba con su vista de Olga López a Castrillo y de Castrillo a Olga López.

—¿Tu...? ¿Tu novia?

—Pues, sí... Ha sido cosa de vernos y quedar *ipso facto* (1) el uno prendado del otro.

—Lo que se llama un flechazo vertiginoso... —añadió la chica.

—Muy bien, pues a pesar del flechazo vertiginoso,

---

(1) En el acto, en latín.

que se baje al salón a tomarse un café... El trabajo es el trabajo.

—Pero ella es una detectiva maravillosa... Podría ayudarnos...

—¡Fueraaa!

Y la muchacha, con la cara más asustada del mundo, desapareció de la vista de todos como una exhalación. Justo en ese momento llegaba a la habitación el director del hotel, sudoroso y agitadísimo.

—¿Ya...? ¿Ya saben algo? ¿Han descubierto al culpable?

—En absoluto, señor mío —dijo el comisario...

—Pero usted nos va a ayudar a descubrirlo. Siéntese en esa butaca.

El director obedeció.

—Vamos a ver, ¿hay alojado en el hotel alguien que no sea detective?

—En este momento no, señor comisario.

La pipa de Antonino humeó abundantemente.

—¿Nadie?

—Bueno, sí... El señor anciano vestido de negro... El abuelo del señor Simón.

—¿El abuelo del señor Simón? —dijo el comisario asombradísimo—. Oiga, Alejandro, ¿está aquí su abuelo?

—Sí, hombre, comisario —dijo Castrillo dándole un codazo disimuladamente—. ¿No se acuerda? El anciano de la habitación de al lado... Todo vestido de negro...

—¡Ah sí! ¡Recórcholis! El abuelo de Alejandro, claro está... Ya, ya... El abuelo... ¡Je, je!

Y acto seguido, de sopetón, el comisario se quedó callado durante unos instantes, con el entrecejo fruncido.

—Está bien... —dijo al fin dirigiéndose al director—. ¿Llamó usted a la policía de la ciudad?

—No, señor... Como hay aquí tantos detectives...

—Pues llámela.

La policía de la ciudad no aclaró nada nuevo sobre el caso. El crimen había sido descubierto por una doncella unos diez minutos después de haberse cometido. Y, enseguida, las peores sospechas recayeron sobre el personal empleado en el hotel. Como todos eran unos pobretones, se creía que alguno había matado a don Mohamed al intentar robarle algo de gran valor que llevase en su equipaje. Porque nadie podía imaginar que el criminal fuese uno de los detectives que asistían al congreso.

Tanto Antonino como Alejandro estuvieron presentes en las investigaciones de la policía local hasta las tres de la madrugada. Y a esta hora, cansadísimos, ambos se retiraron a dormir.

Al día siguiente, Alejandro Simón se levantó muy temprano. Y con todos los datos que se habían recogido sobre el crimen, se trasladó a la habitación del presidente de Lutecia. El anciano estaba sentado en un sillón, leyendo la Biblia, y no hizo el menor gesto cuando el detective apareció. Debía ser muy friolero, porque se cubría con su enorme abrigo y la chimenea estaba encendida.

Entonces, sin decir tampoco nada. Alejandro comenzó a pasear por la habitación de un lado a otro, de un lado a otro... Su cabeza había empezado a funcionar con la precisión de una computadora.

Barajó cientos de hipótesis durante horas y horas. Pero tuvo que confesarse a sí mismo que aquel caso se le resistía. Al atardecer, cansado ya de hacer funcionar su materia gris, se asomó a la ventana.

La noche estaba cayendo sobre el mar y la playa se veía solitaria. No; completamente solitaria, no... Alejandro distinguió cierta sombra rechoncha sobre la arena. Daba rápidos y cortos paseos de un lado a otro, con las manos a la espalda y dejando tras de sí una estela de nubecitas blancas. Era el comisario Antonino. Alejandro esbozó una sonrisa. El bueno de Antonino estaba haciendo lo mismo que él: dándole vueltas y más vueltas al misterioso crimen de Mohamed Radifh con la intención de hallar una lucecita que condujese hasta el culpable.

Y, de pronto, allá lejos, Antonino se detuvo en seco. Permaneció inmóvil unos instantes. Después expulsó una potente columna de humo por su pipa, se dio una palmada en la frente y, girando en redondo, comenzó a correr como una flecha hacia el hotel.

Instantes después, Alejandro oyó pasos precipitados por la escalera y, enseguida, unos golpecitos impacientes en la puerta. Abrió tan sólo una rendija para asegurarse de quién era. Y Antonino, con el gesto más excitado del mundo, se coló como un bólido en la habitación.

—¿Ha encontrado algo, Simón?

Alejandro cerró la puerta.

—Desgraciadamente, no, comisario.

—¡Pues yo lo tengo! ¡Sí, señor, lo tengo!

—¿De verdad?

—Como lo oye... Buenas tardes...

Esto de «buenas tardes» lo dijo el comisario de improviso al descubrir al anciano que leía la Biblia en un sillón. Pero el raro presidente de Lutecia no movió un solo músculo ni respondió palabra alguna.

—Siéntese y cuénteme sus conclusiones, por favor —dijo Alejandro.

Antonino se acomodó en una butaquita y el detective ocupó otra.

—Bien, bien, bien... —empezó Antonino completamente ufano—. El crimen del señor Mohamed Radifh ha sido un lamentable error...

—¿Error?

—En efecto. Nadie tenía la intención de asesinarle... El criminal se equivocó de persona... En realidad, a quien quería mandar al otro mundo era a este señor, al presidente de Lutecia...

Al decir esto Antonino, el viejo que leía sin parar, levantó lentamente la cabeza y miró al comisario con ojos inexpresivos. Era la primera vez que dejaba la lectura en todo el día.

—Siga, por favor —dijo Alejandro.

—Querían acabar con él... Pero se equivocaron de habitación... Lo mismo que me ocurrió a mí. El asesino sabía que el señor presidente ocupaba la habitación «siguiente» a la 11... Pero en la siguiente quien se encontraba era Mohamed Radifh.

—Me temo que hay varios errores en su deducción, comisario.

—¿Ah, sí? ¿Cuáles?

—En primer lugar, ninguna persona, salvo usted y el inspector Castrillo, sabía que el presidente se alojaba en la habitación «siguiente» a la 11. Cuando se lo revelé a los dos en el salón, le aseguro que nadie pudo oírlo... Y, en segundo lugar, aun suponiendo que el asesino lo supiera, en el momento de ir a estrangular a su víctima habría comprobado que no era el presidente de Lutecia, sino Mohamed Radifh.

Antonino exhaló una triunfante bocanada de humo.

—Es que *no le vio*...

—¿Cómo dice? ¿Que no le vio?

—Mire... El asesino, mientras todos los detectives asistían a mi conferencia, subió sigilosamente las escaleras y llegó al primer piso... Sus dedos tantearon por la pared hasta encontrar la primera puerta. Y esos mismos dedos buscaron el número de bronce, en relieve, que hay en todas ellas. Sus yemas reconocieron el 11. Él sabía que en la puerta «siguiente» se encontraba su víctima. Y ya no se preocupó de comprobar nada más... Se desplazó hasta esa puerta y la abrió... Mohamed Radifh, hasta que no tuvo los dedos en su cuello, no desconfió nunca de él... ¿Qué podía temer de un *ciego*?

—¿Un ciego?

—Exactamente, un ciego... Por eso no pudo ver que se equivocaba de persona... Y por lo mismo tampoco vio que la puerta siguiente a la 11 no tenía ningún número...

—¡Imposible! ¿Y quién es ese ciego?

—Ni más ni menos, que nuestro amigo el falso detective Mauricio Ruipérez y Pérez, especialista en casos oscuros... Y hay algo que lo demuestra. Durante el forcejeo con Mohamed Radifh, en el momento de estrangularle, se le cayó el pañuelo del bolsillo superior de su chaqueta. El que usted encontró. Las iniciales, *M.R.*, no corresponden a Mohamed Radifh, sino a Mauricio Ruipérez. Una curiosa coincidencia.

La cara de Alejandro Simón expresaba el mayor de los asombros.

—Todo eso está muy bien, comisario, pero, ¿cómo adivinó Mauricio Ruipérez que la habitación del presidente era la «siguiente» a la número 11? Eso sólo lo sabemos usted, Castrillo y yo... Le repito que nadie pudo oírme cuando yo se lo dije a ustedes... Sé perfectamente cómo revelar un secreto.

—No, en efecto... Nadie oyó sus palabras... Absolutamente nadie. Pero sí hubo alguien que *las vio*.

—¿Que las vio? Las palabras *no se ven,* comisario.

—Pero sí se ve el movimiento de los labios que las pronuncian...

El estupor de Alejandro quedó reflejado en sus ojos. Se abrieron tanto que parecían mayores que las gafas.

—¡Teodoro Chinchilla! ¡El detective sordomudo! —exclamó Simón.

—Justo. El falso detective sordomudo y cómplice del ciego...

Alejandro se había quedado tan mudo como Teodoro Chinchilla.

—Y tengo que decirle algo más que prueba mi teoría... Usted no veía la sala donde yo empecé a dar mi conferencia porque se encontraba en la primera fila. Pero yo, desde mi estrado, contemplaba a todo el público... Y el ciego no se encontraba entre los asistentes. Sólo faltaban él y Castrillo. Aún conservo todas mis dotes de observación, amiguito...

Durante unos instantes, el silencio más absoluto reinó en la habitación. Y, de pronto, tanto el detective como Antonino volvieron la cabeza hacia el viejo presidente de Lutecia. Desde que Alejandro Simón se había encargado de su custodia, no había dicho una sola palabra. Ahora, asombrosamente, acababa de pronunciar tres, con un acento extranjero muy pronunciado.

—Bravo, comisario; bravo...

Y siguió leyendo la Biblia.

A las dos del mediodía, un simpático grupo estaba reunido alrededor de una mesa del restaurante, en el Gran Hotel Cometa. Eran Antonino, Alejandro Simón, Castrillo y Olga López.

—La policía ha cazado a esos dos tipos cuando trataban de cruzar la frontera —dijo el comisario—. Y han cantado de plano...

—Magnífico trabajo, comisario —intervino Alejandro Simón—. Brindo por el número uno de la investigación.

—No, no; el número uno es usted, Alejandro —atajó el comisario.

—No, no; de ninguna manera. Es usted.

—No, no, por Dios; es usted...

—Bueno —dijo Olga López—, entonces brindemos por los dos números uno de la investigación... Eso es: por los dos mejores investigadores de los últimos lustros.

Todos chocaron sus copas y bebieron un traguito de champán.

El comisario, entonces, se recolocó bien en su sillón, como si estuviese muy satisfecho de la vida, y lanzó al aire espesas y tranquilas nubes de humo.

—Hoy es un día memorable para mí, amigos. No sólo he vencido a Alejandro Simón en la resolución de un caso... Hay algo más... ¡Acabo de ganarle una partida de ajedrez a Castrillo!

3 El Zurdo

TARÍ, ta, ta; tarí, ta, ta; ti, ti...

Esta musiquilla la tarareaba el comisario Antonino cuando, justamente a las 12,30 en punto, penetraba en su despacho de la comisaría del distrito. Sánchez, Bolín y Castrillo, con pinta de estar bastante aburridos, apartaron la vista de sus respectivos periódicos.

—¡Vaya horitas de aparecer, comisario! —dijo Castrillo—. ¡Las doce y media!

—¡Y viene usted más contento que unas pascuas! —añadió Bolín.

—Efectivamente —respondió Antonino—; lo reconozco, estoy contento. El día es magnífico, la primavera ha venido nadie sabe cómo ha sido, mi pipa funciona como una locomotora y anoche vi el ovni...

—¿El ovni? —intervino Sánchez—. En el periódico no dice nada de ovnis.

—Es que no lo puede decir... Cruzó nuestra ciudad

entre las 2,30 y las 3,02, y los periódicos cierran sus ediciones mucho antes...

—¿Y qué hacía usted levantado a esas horas, comisario?

—Trabajando, amiguitos... Por eso me he levantado hoy más tarde. El jefe me mandó revisar cierto expediente complicado, y lo hice en mi casa... Estaba yo en mi despachito tan tranquilo cuando, a eso de las dos y media... ¿Sabéis lo que pasó?

—Pues que vio usted un ovni —dijeron los tres inspectores a la vez.

—Una luz... Una luz clarísima, como si fuese de día, penetró de pronto por la ventana... Me levanté de un salto para asomarme... Por el sur de la ciudad, había aparecido en el cielo un disco gigantesco, como un botón de abrigo, pero a lo bestia. Y avanzaba lentamente, muy lentamente...

—¿Como una tortuga?

—Más aún, tardó media hora en cruzar el firmamento de sur a norte... Y a las 2,45 en punto, cuando estaba justamente sobre la vertical de la ciudad... ¿Sabéis lo que ocurrió?

—No, no lo sabemos —afirmaron los tres inspectores de nuevo al mismo tiempo.

—¡Tarí, ta, ta; tarí, ta, ta; ti, ti!

Sánchez, Bolín y Castrillo miraron al comisario con la cara hecha un signo de interrogación.

—¡Era un ovni con música! —Exclamó Antonino.

—¿Con música?

—Justamente... Hizo «tarí, ta, ta; tarí, ta, ta; ti, ti». Una sola vez... Pero fue suficiente para que esas notas se me hayan grabado en la memoria hasta el fin de mis días. La verdad es que me entró muchísimo miedo... Era como música de oboe...

—Pues es bonito... ¡Tarí, ta, ta; tarí, ta, ta; ti, ti...! —entonó Castrillo.

—En fin, menos charla y más trabajo... ¿Algo nuevo? —dijo el comisario poniéndose serio.

—Nada en absoluto —contestó Sánchez...

—Entonces todo está más claro que el agua... El jefe se encuentra otra vez de viaje, no hay nada que hacer y el día es buenísimo... ¿Qué tal, Castrillo? ¿Una partidi...

Pero el comisario no pudo terminar la palabra «partidita». El teléfono estaba sonando escandalosamente. Lo cogió el propio comisario.

—¿Diga?

Después, su cara mostró la mayor de las sorpresas y exclamó:

—¡Hombre! ¡El gran Alejandro Simón! ¿Qué tal?

Pero, a continuación, su rostro reflejó aún mayor sorpresa.

—¿Cómo dice? ¿Un robo? ¿En *El Gato Negro*?

A partir de ese momento, Castrillo, Bolín y Sánchez no le quitaron los ojos de encima al comisario ni un solo segundo.

La conversación fue muy rápida y Antonino colgó enseguida. Después, su pipa humeó a borbotones, se enfrentó a sus hombres y habló en tono solemne.

—Vamos, muchachos; tenemos trabajo... Se ha cometido un robo en el café del *Gato Negro*, el centro de operaciones de Alejandro Simón.

El café *El Gato Negro* estaba situado en un barrio elegante y tranquilo, compuesto por magníficos edificios del siglo pasado. Sus clientes eran señores también muy tranquilos. Por la mañana, se pasaban las horas muertas sentados, tomando café con leche y leyendo el periódico. Y por la tarde, para cambiar un poco, se pasaban las horas muertas leyendo el periódico y tomando café con leche.

El coche oficial negro de la policía se detuvo ante *El Gato Negro* con un chirriante frenazo. Y enseguida salieron de su interior el humeante Antonino y sus ayudantes Castrillo y Bolín. Alejandro Simón, el famoso detective especialista en fósiles, ya estaba esperando en la puerta del café.

—¿De qué se trata? —dijo el comisario nada más salir del coche, mientras se encaminaba directamente hacia la puerta del establecimiento.

—¡Eh! ¿Dónde va, comisario? —preguntó Alejandro.

—Al café. ¿No me ha dicho que se ha cometido un robo aquí?

—Sí, pero no es exactamente en el café, sino en el piso que está sobre él, que es donde vive su dueño.

Antonino dirigió entonces su vista hacia arriba, hacia el primer piso del majestuoso edificio que tenía enfrente.

—Todo el inmueble pertenece a don Gustavo Clavijo y Fernández de los Ríos Claros —informó Alejandro Simón—. Este acaudalado señor es el propietario de *El Gato Negro* y el poseedor de una de las más valiosas colecciones de sellos que existen en el mundo... Y de eso se trata precisamente: parece ser que han sido robados algunos sellos de esa colección...

La pipa de Antonino humeó frenéticamente.

—¡Diablos, Alejandro! ¿Y me ha hecho venir hasta aquí por unos miserables sellos?

—Comisario, por si no lo sabe, le diré que hay sellos antiguos que valen millones...

—¿Cómo? ¿Ha dicho millones? —respondió Antonino con la cara más asombrada del mundo.

Mientras atravesaban el portal del inmueble y subían la escalera, el detective informó al comisario:

—El robo se ha producido esta noche, mientras la casa estaba vacía...

—¿Vacía?

—Así es; el dueño, don Gustavo, se encuentra de viaje en Nueva York, y el servicio tenía su tarde-noche libre...

Poco después, los tres policías y el detective llamaban a la sólida puerta del piso primero. Les abrió una chica con un uniforme negro, un delantal blanco y una cofia también blanca.

—Es la policía, Ana... —dijo Alejandro Simón—. Y, ahora, comisario, yo regreso al café... Tengo un complicado asunto entre manos y este caso es suyo... ¡Hasta luego!

La chica, que tenía unos dientes de conejo muy cómicos, condujo a los policías por un largo pasillo atiborrado de cuadros, espejos, estatuillas, relojes y toda clase de valiosos y artísticos objetos decorativos. No se veía ni se oía a nadie. Hasta que llegaron a una sala enorme y casi vacía.

—Aquí es donde don Gustavo guarda sus sellos —informó la chica con dientes de conejo—. Esperen un momento.

—¡Aghhh! —exclamó aparatosamente Antonino nada más poner un pie en aquella habitación, mientras se tapaba la nariz con dos dedos— ¡Aquí apesta a perfume barato!

—Bueno, no es nada barato, comisario —intervino Castrillo—; huele a *Fragancias del Oasis,* la carísima colonia francesa...

—¿Y quién usa ese maldito mejunje?

—El *Zurdo.*

El comisario se volvió como un rayo. Porque esas palabras, «el Zurdo», las acababa de pronunciar una voz de mujer a sus espaldas.

En la puerta de la sala había aparecido una señora bastante misteriosa; alta, delgada, pálida, toda vestida de negro, con el pelo blanco y gafas doradas.

—¿Me quiere decir quién es usted y quién es el *Zurdo*? —preguntó Antonino de bastante mal humor mirando a la recién llegada.

—Soy Julia Pérez, el ama de llaves de esta casa... En cuanto al *Zurdo,* no tengo ni idea de quién pueda ser...

—¿Eh? ¡Vamos, señora mía! ¿Se está usted burlando de mí? Primero me dice que esta habitación huele a un tal *Zurdo* y luego no sabe quién es dicho *Zurdo*...

—Así es, caballero, y procure usted hablarme con mayor respeto o tendré que darle un bofetón sin más ni más...

Antonino se puso rojo como un tomate al oír aquello. Julia Pérez siguió hablando.

—Sé que ese perfume lo usa siempre el *Zurdo*, pero ni conozco su nombre, ni su dirección, ni nada de nada...

—Ya...

—Lo único que puedo decirle es que ese odioso tipo viene frecuentemente a esta casa, a visitar al señor... Se encierra con él en su despacho, hablan y hablan de no se sabe qué y luego se marcha dejándolo todo apestado con ese perfume... Y nada más.

Antonino se quedó mirándola fijamente.

—¿Por qué le llama «odioso tipo»?

—Porque cuando viene, si se cruza conmigo por algún pasillo o en el recibidor, me dice: «Buenos días, vieja bruja.» Y al marcharse, si me lo vuelvo a encontrar, me suelta: «Hasta otro día, vieja bruja.» ¿Qué le parece?

Antonino estuvo a punto de contestar «pues no está mal del todo», pero se quedó callado, haciendo humear su pipa.

—Y ese tal *Zurdo* acaba de estar en esta habitación claro está...

—No, señor: el *Zurdo* no aparece por esta casa desde hace tres días...

Los ojos del comisario, al oír aquello, se pusieron redondos como dos bolas de billar, pero tampoco dijo nada. Tan sólo meditó mientras echaba una ojeada a la habitación donde se encontraba.

Era bastante extraña. Tenía el suelo de madera y dos balcones que daban a la calle. Toda la pared situada frente a los balcones estaba ocupada por un gigantesco espejo adosado a ella. Y no tenía ningún mobiliario. Salvo ocho muebles cuadrados, todos llenos de cajones. Algunos de estos cajones se veían abiertos. Antonino se aproximó a ellos. Estaban llenos de cartones blancos cubiertos por una hoja de plástico transparente. Debajo de las hojas transparentes se veían filas de sellos muy bien ordenados.

—¿Qué es lo que se ha robado? —preguntó Antonino señalando a los cajones.

—No lo sé —respondió el ama de llaves—. Los miembros del servicio desconocemos por completo la colección del señor... Sólo sé que esta mañana hemos encontrado forzados los cajones que usted ve abiertos... Y suponemos que han robado algunos sellos...

—Buenos días...

Los ojos de los tres policías se volvieron hacia la puerta al oír aquellas palabras. Y lo que vieron fue un señor calvo y canoso, con chaleco a rayas horizontales y un plumero bajo el brazo. Manipulaba sin parar un papel entre sus manos, con el que hacía alguna cosa extraña.

—Es Ricardo, el mayordomo del señor —informó el ama de llaves.

Antonino le observó unos instantes sin decir nada. Y el otro siguió manipulando su papel.

—Oiga, no es por nada... Pero ¿me puede decir qué hace usted con ese papelito? —preguntó al fin el comisario.

—Un elefante —respondió tranquilamente Ricardo.

—¿Un elefante?

—Sí, señor... Tengo una afición desmedida por la papiroflexia, ¿sabe usted?

—¿La papi... qué?

—Papiroflexia... El arte de construir animalitos y objetos diversos plegando papeles. Usted conocerá la clásica pajarita o el clásico barquito... Bueno, modestia aparte, yo he superado esas niñerías hace muchos años. Yo creo mis propios modelos complicadísimos. ¿Me explico?

—Psché...

—Y ahora estoy a punto de conseguir mi obra cumbre: el elefante que mueve las orejas, la trompa y la cola. Verá usted, yo duermo poco... y esta noche, en casa de mi madre, he estado dándole vueltas y más vueltas en mi mente a cómo debían ser los últimos plegados de este elefante. De modo que esta mañana, apenas he penetrado en esta habitación para pasarle el aspirador, ¿qué dirá que ha ocurrido?

—No lo sé.

—Dos cosas han ocurrido. Primera cosa: he descubierto los cajones forzados. Y segunda cosa: he encontrado este papel en el suelo, lo he cogido inmediatamente y me he puesto a hacer mi elefante... Tantas eran mis ansias por construirlo.

—¿Que ese papel estaba aquí esta mañana? —exclamó Antonino completamente alarmado.

—Pues sí...

—¡Démelo inmediatamente, señor mío! ¡Puede ser una pista!

—Señor, no me lo pida ahora... Estoy a punto de conseguir mi elefante...

—¡Vamos, no haga que me ponga duro!

Al fin, mostrando en su rostro un profundísimo disgusto, el mayordomo entregó el papel al comisario.

—Toma, Castrillo, guárdalo; luego le echaremos una ojeada.

Por el rostro del mayordomo rodaron dos gruesos lagrimones.

—Bueno, hombre, no llore usted; luego se lo devolveremos... ¿Conoce al *Zurdo*?

—Oh, señor, no me hable de ese indeseable sujeto... Le conozco de vista, como todos, y nada más... Viene, se encierra a hablar con el señor y luego se marcha...

—Bueno, y si no sabe usted nada de él, ¿por qué afirma que es un «indeseable sujeto»?

—¡Ah, señor comisario! Es malvado... Terrible... ¿Me explico? Si se cruza conmigo por la casa y tengo en las manos alguno de mis trabajos de papiroflexia... ¿Qué dirá que hace? ¡Zas! Con un zarpazo de su mano izquierda me lo arrebata por sorpresa y luego lo rompe en mil pedazos delante de mis narices. Y, mientras, se ríe con las más atronadoras carcajadas y un gesto de burla...

—¡Diantre, qué sujeto! —exclamó Antonino—. En fin... ¿Quién más frecuenta esta casa?

—El secretario del señor; viene todas las mañanas... —dijo el ama de llaves.

—¿Ah, sí? ¿Y dónde está?

—Estoy aquí... Buenos días.

Todos se volvieron de sopetón hacia el lugar donde había sonado aquella voz. Y había sonado en un rincón de la gran sala. Allí se veía abierta una rara puertecilla pintada del mismo color que la pared. El comisario no había reparado en ella hasta aquel mismo momento. Y por aquella puerta disimulada acababa de aparecer un hombre de unos cuarenta años, de porte atlético, con el cabello rubio y un bigote tan rubio como el cabello. Parecía bastante agitado.

—Soy Jaime Canillejas, el secretario de don Gustavo... He viajado en tren durante toda la noche y acabo de llegar... El detective Alejandro Simón me ha dicho abajo, en el café, que se ha cometido un robo y...

—Oiga —interrumpió el comisario—, ¿a dónde da esa puerta disimulada por la que ha entrado?

—Comunica con el café... Yo suelo entrar a la casa por ella... Es más cómodo para mí; no tengo que llamar a la puerta del piso y da directamente a esta sala, donde transcurre casi todo mi trabajo...

Y, sin decir nada más, aquel hombre se dirigió inmediatamente hacia los muebles que tenían algún cajón abierto. Miró las hojas de los sellos con rapidez, manejándolas como un experto. Sacó unas, apartó otras, las miró todas con gesto enigmático y, al fin, ligeramente pálido, se dirigió a Antonino.

—Han robado cuarenta sellos valorados en unos cien millones de pesetas... Se han llevado lo mejor de la colección...

Durante unos segundos, el silencio más sepulcral reinó en aquella sala. Hasta que tronó la voz del comisario.

—Antes que nada, ¿podría usted mostrarnos ese lugar por donde ha llegado hasta aquí desde el bar? —preguntó al recién llegado.

El secretario le miró con extrañeza y titubeó unos momentos.

—Por supuesto. Vengan conmigo...

La puertecilla disimulada daba a una estrecha escalera que descendía hasta la parte trasera de *El Gato Negro*, ya en la planta baja. Se trataba de una habitación enorme, tan sólo iluminada por un triste fluorescente amarillento. Olía intensamente a humedad. Estaba dividida en dos partes por una pesada cortina de color verde oliva. A un lado de la cortina se veían las puertas de los servicios y de la cocina. Al otro lado no se veía nada, claro está.

—¿Qué hay detrás de esta cortina? —preguntó Antonino.

—Pues no lo sé bien... Trastos viejos —respondió el secretario—. Mire usted mismo.

Antonino corrió un poco la pesada tela y echó una ojeada a lo que había al otro lado. En efecto, lo que había al otro lado no era otra cosa que trastos viejos: baúles, sillas, veladores antiguos, butacas, un enorme armario que casi llegaba hasta el techo...

—La puerta disimulada supongo que siempre estará cerrada con llave —dijo el comisario.

—Por supuesto. Sólo don Gustavo y yo tenemos una... Claro, yo sólo puedo entrar por aquí si el bar está abierto... Porque del piso no tengo llave.

—¿Y el *Zurdo*? ¿Tiene alguna llave? —preguntó Antonino haciendo humear su pipa.

El secretario le miró totalmente sorprendido.

—¿Ese hombre? ¡Por supuesto que no!

—¿Quién es el *Zurdo*? ¿Le conoce?

—Sólo de vista... Visita a don Gustavo de vez en cuando... Salvo eso, no sé nada más sobre ese individuo... ¿Ha estado arriba? En la sala huele a su perfume...

—No, no ha estado. Y eso es lo raro... Pero, dígame ¿para qué visita el *Zurdo* a don Gustavo?

—Es una especie de intermediario filatélico... Es decir, busca para don Gustavo sellos únicos en cualquier parte del mundo...

—Luego él conoce las piezas valiosas que tiene su jefe...

—Sí, a la perfección. La mayor parte de esos sellos se los ha proporcionado él mismo.

—¿Y usted? ¿Sabe algo de la colección?

—Yo soy quien mejor la conoce de todos... Incluso mejor que mi jefe... Trabajo con él precisamente para eso: para tenérsela bien organizada.

Y, mientras hablaban, todos habían ido subiendo de nuevo la escalerilla y se encontraban otra vez en la sala de los sellos. Allí esperaban, inmóviles, el ama de llaves y el mayordomo.

—Bien, muchachos... —dijo muy decidido Antonino—. Este caso está clarísimo... Aquí huele al *Zurdo* y el *Zurdo* no ha aparecido por esta habitación desde hace dos días... Y claro está, si no ha aparecido en dos días y ahora huele intensamente a la maldita colonia *Fragancias del Oasis,* ¿qué significa eso? Pues que esta noche se ha acercado por aquí para llevarse los mejores sellos de la colección, que tan bien conoce... ¿Qué cómo ha entrado en la casa? Eso nos lo contará en cuanto le echemos el guante... ¡En marcha! ¡Vamos a por él!

—Comisario... —se oyó entonces la tranquila voz de Castrillo—. Le recuerdo que nadie sabe dónde se puede encontrar a tal señor...

—¡Rayos y truenos! Es cierto... No me acor...

Y en ese momento, las palabras de Antonino quedaron cortadas por unos insistentes y maleducados timbrazos que se escucharon en la puerta del piso.

Ricardo, el mayordomo papiroflexico, salió de la habitación para ir a abrir. Y, enseguida, se escucharon por el pasillo pasos precipitados que se acercaban. El comisario, entonces, hizo algo bastante raro. Inclinó su cuerpo hacia la puerta de la sala, a la vez que se ponía una mano en la oreja, como para captar mejor algo que no oía del todo bien. Quien viniese por el pasillo iba haciendo sonar con su nariz, muy bajito, una musiquilla que él conocía perfectamente: «¡tarí, ta, ta; tarí, ta, ta; ti, ti...»

Segundos después, aparecía Ricardo en la puerta. Le acompañaba un muchacho con jersey de lana, pantalones vaqueros, zapatillas deportivas y gesto simpático.

—Este joven dice que quiere ver enseguida a los señores policías —informó el mayordomo.

Antonino no dejó hablar al recién llegado...

—Oiga, usted vio anoche el ovni que cruzó nuestra ciudad. Y lo vio justamente a las 2,45... ¡A que sí!

—Sí, sí, señor... —dijo el joven con gran asombro—. ¿Cómo lo sabe?

—Porque viene tarareando la música que emitió exactamente a esa hora y *sólo* a esa hora... Yo también lo vi.

—No, no me había dado cuenta de que la tarareaba... Pero yo lo que quiero mostrarles es esto...

Y el muchacho puso ante los ojos del comisario el estuche de una cinta de vídeo que traía entre las manos.

—¿Un vídeo?

—Sí, señor... ¡Tengo grabado al ladrón!

Por la pipa de Antonino brotó un gordísimo chorro de humo.

—¿Al ladrón?

—Así es... Mire, yo vivo enfrente de esta casa... Venga, por favor...

Y el chico se dirigió hacía uno de los balcones de la gran sala. A través de los cristales, señaló otro balcón del edificio que quedaba frente a ellos, en la acera opuesta de la calle.

—Ese balcón es el de mi cuarto... Anoche me quedé estudiando hasta tarde, porque hoy tenía un examen... Mi persiana estaba bajada y por eso no me di cuenta hasta las tres menos cuarto de que una luz potentísima estaba penetrando por sus rendijas... Entonces subí la persiana para ver de dónde provenía la luz. Salí al balcón y vi el ovni... Enseguida me fui corriendo a por mi cámara de vídeo a fin de grabarlo...

El chico se detuvo.

—Siga, siga... —dijo impaciente Antonino.

—Bueno, estaba yo grabando el ovni, cuando la persiana de este balcón se alzó de pronto y se asomó un hombre... También debió ver la luz que se filtraba por las rendijas y subió la persiana para comprobar de qué se trataba... Yo seguí grabando el ovni... Pero, en un momento dado, eché una mirada hacia aquí... y vi que el hombre que se había asomado estaba otra vez dentro. Con gestos sospechosos revolvía en esos muebles que están ahí y se iba guar-

dando algo que sacaba de ellos. Entonces le grabé a él... No sé... Me pareció que actuaba de forma bastante rara teniendo en cuenta la hora que era, pero sólo le grabé unos instantes... Luego seguí con el ovni, que me interesaba mucho más. Hace un momento, cuando he entrado en *El Gato Negro* para tomarme un café, me han dicho que se había cometido un robo aquí arriba... Entonces he relacionado al hombre que grabé anoche con ese robo... Es zurdo...

—¿Zurdo? —exclamó Antonino.

—Sí, sí... Se ve claramente en mi grabación...

—Vamos a ver ese vídeo inmediatamente... ¿Dónde hay un televisor por aquí? Bolín, que suba Alejandro Simón para verlo...

La expectación era completa, absoluta y total. Siete pares de ojos estaban fijos en un televisor último modelo superplano y supercuadrado. Todos se habían sentado en una salita llena de sillones, cortinajes, cuadros, estatuillas y montones de objetos de adorno carísimos. Mas tres gatos, que habían aparecido de no se sabe dónde para colocarse tan tranquilos sobre las piernas de Antonino, Castrillo y Bolín.

Y la grabación comenzó a pasar por la pantalla del televisor supercuadrado y superplano.

Primero se vio el ovni con música durante 28 segundos (cronometraba Antonino).

Después nada en especial. O sea, el cielo, copas de árboles, la parte alta de un edificio... Como si la cámara se hubiese despistado de pronto.

—Aquí es cuando se alzó la persiana de enfrente... —dijo el joven del vídeo—. Yo miré y me desentendí de la cámara... Por eso no enfoca a ninguna parte en concreto.

Enseguida se vio otra vez el ovni. Ahora durante 30 segundos.

Y luego, de pronto, a través del balcón abierto, de nuevo la habitación donde don Gustavo Clavijo guardaba su colección de sellos. Antonino clavó sus pupilas en la pantalla como si quisiera atravesarla.

La habitación estaba medio a oscuras, tan sólo iluminada por el resplandor del ovni. Y en ella se distinguía la sombra de un hombre alto y con sombrero. Se movía con rapidez delante de los muebles donde se guardaban los sellos, como si supiese en cada momento lo que tenía que hacer.

—¡Maldición! A ese tipo no se le ve la cara... —dijo Antonino.

—Sí, pero es el *Zurdo*, no me cabe duda —añadió el ama de llaves—. Ese individuo siempre usa esa clase de sombrero de gángster...

Aquel hombre abría un cajón, hurgaba un poco en él y luego cogía algo que se guardaba en un bolsillo de su chaqueta. Después pasaba directamente a otro mueble, abría otro cajón, buscaba también algo, lo tomaba y lo guardaba en el mismo lugar... Y todas aquellas manipulaciones las realizaba con su mano izquierda. Cuando se estaba trasladando de un mueble a otro, apareció de nuevo el ovni en la pantalla.

—Es zurdo, completamente zurdo —dijo Antonino—. ¿Qué le parece, Alejandro?

—Me parece muy interesante... —respondió misteriosamente el detective.

—Sí, aunque no se le ve la cara, yo juro que ese tipo es el *Zurdo*... —añadió el mayordomo papirofléxico.

Antonino se puso en pie de un salto envuelto por el humo de su pipa.

—No necesito ver más... A ver, ¿nadie de los presentes tiene la menor pista, dato, detalle o indicio de dónde pueda vivir el *Zurdo*?

—Yo... Yo lo sé.

Todas las miradas se volvieron hacia la puerta del saloncito. Y allí todas las miradas reconocieron a Ana, la doncella con dientes de conejo que había abierto a los policías.

—¿Usted lo sabe? ¿Y por qué no lo ha dicho antes? —dijo Antonino completamente excitado.

—Si se refieren al hombre zurdo que viene por aquí algunas veces, pues resulta que es de mi barrio... —dijo la chica—. Tiene una tienda de sellos... Sí, en el número 14... Calle de la Lagartija, 14, eso es... Bueno, y no lo he dicho antes porque nadie me lo ha preguntado nunca... Yo creía que todos los de la casa sabían la dirección de ese señor...

—¡Muchísimas gracias, señorita! —exclamó contentísimo Antonino—. ¡Adelante, muchachos! ¡Vamos raudos a la calle de la Lagartija! Y, cuidado, ese tipo puede ser peligroso.

Diciendo esto, el comisario Antonino se precipitó hacia la puerta de la salita seguido por tres seres: una espesa estela de humo y dos jóvenes inspectores apellidados Castrillo y Bolín.

Instantes después, el negro coche policial enfilaba veloz las calles de la ciudad hacia el barrio del Lagarto, donde estaba la calle de la Lagartija.

Conducía Bolín. Y detrás se acomodaban Antonino y Castrillo. Precisamente en aquel momento, el joven Castrillo miraba un papel bastante arrugado que se había sacado de un bolsillo.

—¿Qué es eso? —dijo Antonino.

—El elefante del mayordomo, sólo que desplegado... Es la hoja de un cuadernito de notas... Mire qué desastre.

Antonino lo cogió entre sus dedos y lo que contempló en aquella hojita era esto:

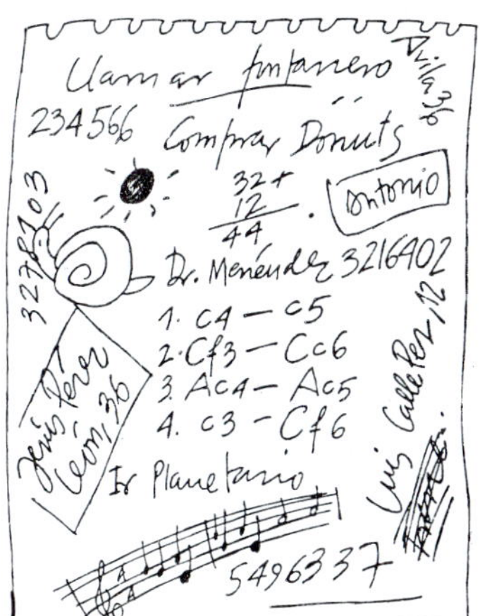

—¡Diablos! Nunca había visto una hoja de cuaderno más chapucera... ¿Has averiguado ya de quién es?

—Del secretario... Se la mostré mientras nos dirigíamos al saloncito donde vimos el vídeo. Y me dijo que era suya... Se le debió caer ayer en la sala de los sellos...

—¿Eh? ¿Ayer? ¿No se encontraba de viaje?

—Bueno, por la mañana aún estaba aquí... Hacia las diez se acercó a casa de don Gustavo y entró en la habitación de los sellos... Entonces se le debió caer... Después, a las doce, tomó un avión para Villamar: treinta minutos de trayecto. Hizo unas gestiones en esa ciudad por la tarde... Y luego, a las once de la noche, tomó el expreso nocturno en el que ha llegado aquí esta mañana. Todo correcto.

—Bueno, pues tírala, no veo nada de interés en ella y, además, ya tenemos al ladrón.

Castrillo volvió a guardársela en la chaqueta.

—¡Comisario! ¡Ahí está la tienda de sellos! —dijo entonces Bolín.

Antonino pegó su cara al cristal de la ventanilla.

El distrito del Lagarto era un barrio antiguo y típico, lleno de tiendecitas vetustas con mucho encanto.

Se estaban aproximando a un establecimiento pequeño y antiguo. Sobre su puerta y escaparate destacaba un rótulo descolorido donde se podía leer lo siguiente: FILATELIA GÜNTER.

—Bolín, pasa por delante y sigue hasta doblar la esquina. Allí te paras. Vendremos a pie para levantar menos sospechas —dijo Antonino.

Bolín siguió las instrucciones del comisario y, poco después, los tres policías estaban ante la puerta acristalada de la filatelia. A través del cristal comprobaron que la tienda se encontraba vacía. Sólo se veía, sentada detrás del mostrador, a una señorita con una blusa blanca. Delante de dicho mostrador, y de espaldas a la entrada, había un tipo con sombrero y chaqueta a cuadros que hablaba con la señorita. Antonino empujó la puerta. Un torrente del olor a *Fragancias del Oasis* penetró por su nariz.

—¿El *Zurdo*? —dijo el comisario dando un paso hacia el interior del local.

Y al oír estas palabras, el hombre del sombrero se volvió como un rayo. Tenía pinta de alemán o algo parecido.

Sus facciones se contrajeron al ver a los tres policías. Y, después, sin decir una sola palabra, dio un imprevisto salto sobre el mostrador y desapareció rapidísimamente por una puertecilla que se veía en un rincón.

—¡A por él! —gritó Antonino.

Nuestros amigos saltaron también sobre el mostrador (por cierto, el comisario con una agilidad pasmosa) y se colaron por la misma puertecilla.

Al traspasarla, se encontraron en una especie de estrecho corredor o pasillo que estaba casi a oscuras y formaba continuos recodos. Delante de ellos se oían las veloces zancadas del *Zurdo,* pero no se le veía en absoluto.

—¡Entrégate, *Zurdo*! —gritó de nuevo Antonino—. ¡Estás atrapado!

—¡Eso lo veremos! —se oyó delante una voz con muchísimo acento alemán.

Y, de pronto, los policías se encontraron en la salida de aquel extraño pasadizo. Ahora estaban en un siniestro callejón del barrio, estrecho y mugriento, lleno de gatos y de grandes cubos de basura. Vieron al *Zurdo*, que corría a unos treinta metros por delante de ellos.

—¡Estás rodeado! —voceó Antonino sin parar de correr, para ver si el otro se detenía asustado.

Pero no lo hizo. El *Zurdo* siguió corriendo con gran energía, doblando esquinas y más esquinas, que daban a otros callejones tan mugrientos como el primero.

Y al doblar una de aquellas esquinas, nuestros amigos contemplaron algo asombroso: el *Zurdo* se estaba introduciendo por la boca de una alcantarilla.

—¡A por él! —exclamó Antonino.

Los tres policías siguieron el mismo y desagradable camino del *Zurdo.*

Las alcantarillas formaban una complicada red de galerías abovedadas por cuyo centro corría un río de aguas sucias y malolientes. Unas ratas grandes y gordas aparecían y desaparecían por todas partes.

Antonino encendió su linterna. Los pasos del *Zurdo* retumbaban delante de ellos produciendo un misterioso eco. Y ese ruido era el que guiaba a nuestros hombres para seguirle, ya que no le veían.

—¡Ya te tenemos, barbián! —gritó Antonino.

El comisario, sin dejar de correr ni un segundo, se fue introduciendo en un lóbrego laberinto de oscuras galerías, angostos pasadizos y túneles resbaladizos. Llevaban corriendo ya veinte minutos por aquellos vericuetos.

—Será mejor que nos separemos para rodearle, muchachos —dijo el comisario mientras seguía trotando.

Pero nadie le contestó. Volvió la cabeza. Detrás de él no se veía el menor rastro ni de Castrillo, ni de Bolín.

—¡Eh! ¿Dónde os habéis metido, chicos? —preguntó Antonino a paso gimnástico.

Y en alguna parte lejana se oyó la cansadísima voz de Castrillo.

—Nos... Nos hemos sentado a descansar, comisario... ¡No podemos dar un paso más...!

—¡Valientes polizontes! —exclamó Antonino—. ¡Si hubieran practicado el maratón en su juventud lo mismo que yo! ¡Ríndete *Zurdo*!

Entonces ocurrió la cosa más chocante del mundo. Los pasos del *Zurdo* se fueron oyendo cada vez más lentos, más lentos, más lentos... Hasta que no se oyeron. O sea, que se había parado.

Así que, al doblar una esquina, Antonino se lo encontró de sopetón frente a trente, quieto, bufando y resoplando como un fuelle.

—Oiga, ¿por qué no sigue usted huyendo como es su obligación? —preguntó el comisario asombradísimo.

—¡Uf! ¡Agh! ¡Oh! No... No... No puedo... No puedo seguir corriendo... Llevamos media hora a toda marcha sin un segundo de respiro... Me rindo y que sea lo que Dios quiera.

—Pues yo estoy más fresco que una lechuga, caballerete. A ver, esas manitas —dijo Antonino sacando unas esposas de alguna parte.

El alemán, completamente agotado, puso sus dos muñecas a disposición del comisario.

—Y ahora, señor Günter, lléveme usted derechito a donde tiene escondidos los sellos...

—¿Los sellos? ¿Qué sellos? —dijo entonces el *Zurdo* poniendo la cara de quien no entiende nada de cuanto le dicen.

—Vamos, señor mío; no se haga ahora el despistado... Los sellos que robó anoche en casa de don Gustavo Clavijo y Fernández de los Ríos Claros...

—¡No! Eso no... De eso no pueden acusarme... Yo no he robado esos sellos... ¡Se lo juro por mi santa madre!

—¿Ah, no? Entonces, ¿me quiere decir por qué huía?

—Porque... Bueno... Sí, lo confieso... Tengo... Tengo algunas cuentas pendientes con la justicia... Estafas de todas clases, trampas variadas, chanchullos

diversos... Pero yo no sé nada de esos sellos... ¡Y tengo la mejor coartada del mundo!

—¿Coartada? A ver; cuéntemela hombre.

—He pasado toda la noche, hasta las once de esta mañana, detenido en la comisaría del distrito 12... Me cogieron ayer por cierto asunto relacionado con un chantaje... Si llama al comisario Gutiérrez, le confirmará mis palabras.

Los ojos de Antonino primero se entornaron hasta convertirse en dos simples rayas inclinadas. Y luego, como siempre, se abrieron de pronto cual dos platos soperos. En su rostro no cabía un asombro mayor.

—¿Por dónde se sale de aquí? —dijo después, tan sólo con un hilo de voz.

Cinco minutos más tarde, lejos del barrio del Lagarto y ante el asombro de toda clase de peatones, Antonino surgía por la boca de una alcantarilla llevando esposado a un tipo con pinta de alemán. Se precipitó como una flecha hacia la primera cabina telefónica que descubrió.

Allí, pegado al *Zurdo*, metió unas monedas en el aparato. Después mantuvo una breve conversación con su viejo amigo, el comisario Gutiérrez. Y, mientras hablaba, fueron pasando por su rostro los siete colores del arco iris al completo.

Cuando salió de la cabina, se quedó quieto en medio de la calle, completamente alelado y sin decir una sola palabra. De su pipa tan sólo brotaba el más triste hililo de humo.

—¡Es cierto, sí señor! ¡Usted no puede ser el ladrón

de los sellos! ¡No puede serlo! ¡Imposible! —exclamó al fin Antonino—. Y, sin embargo, es la misma persona que visita frecuentemente a don Gustavo, que llama «vieja bruja» al ama de llaves cuando se la encuentra por los pasillos, le rompe sus papiroflexias al mayordomo y usa la repugnante colonia *Fragancias del Oasis*... ¿No es cierto?

—Sí, eso es verdad... Yo soy esa persona.

La pipa de Antonino, soltó entonces hacia el cielo una columna de humo con la violencia de un tornado.

—¡Entonces es que hay *dos Zurdos*!

A los ocho de la tarde, el comisario Antonino paseaba solitario por la habitación donde se había cometido el robo de los sellos. Oscurecía. Su pipa humeaba intensamente, y eso significaba que el cerebro del policía estaba trabajando a toda presión. Pero nada. Ni la más remota lucecita iluminaba su mente para hallar algún camino que le condujese hacia el misterioso ladrón zurdo.

Y, de pronto, un crujido imprevisto rechinó a sus espaldas. Se volvió como una centella bastante asustado. Ante él, tranquilo y sonriente, estaba Alejandro Simón, con una humeante taza de café en la mano.

—¡Maldición! ¿De dónde ha salido usted? Me ha asustado, ¿sabe?

—Disculpe, comisario. He entrado por la puerta disimulada que comunica con el bar... Sabía que se encontraba aquí, meditando sobre el robo, y he pensado que le apetecería un café... como a usted le gusta: solo y con tres terrones de azúcar...

—Pues sí... Se lo agradezco.

Antonino cogió la taza, tomó un sorbo de café y luego la depositó sobre uno de los muebles donde se guardaban los sellos.

—¿Ya averiguó algo? —dijo Alejandro.

—¡Nada en absoluto!

—¿Me permite que le acompañe? Dos cabezas piensan mejor que una...

—Bueno... Si le apetece... Pero no diga una sola palabra; pierdo la concentración.

Poco después, aquellos dos estupendos investigadores, codo con codo, cruzaban de un lado a otro la habitación. De arriba abajo, de abajo arriba, sumidos en profundas cavilaciones...

Y hacía diez minutos que estaban paseando cuando, de improviso, Alejandro Simón detuvo en seco sus pasos. Se quedó quieto, mirándose fijamente en el gran espejo que cubría toda una pared de la sala. Y después de permanecer así unos instantes, empezó a mover los brazos ante el cristal de la forma más extravagante que pueda imaginarse: arriba y abajo; a un lado y a otro.

—Pero, hombre de Dios, ¿qué hace usted? ¿Se cree que estoy de humor para contemplar semejantes payasadas? —dijo Antonino completamente enfurruñado.

Pero Alejandro no contestó. Dejó de hacer gestos ante el espejo y se dirigió decidido hacia uno de los balcones. Allí permaneció totalmente concentrado, observando alguna cosa del edificio de enfrente. Luego volvió su cabeza de nuevo hacia el espejo, miró los muebles de los sellos, otra vez al espejo y, una vez más, a la calle...

—¡Comisario! ¡*Casi* lo tengo! —exclamó al fin por sorpresa—. ¡*Casi* tengo resuelto el caso! Sólo me falta un detalle... Un pequeño detalle para atar todos los cabos sueltos...

Antonino le miró con cara de asombro.

—¿No encontró nada esta mañana en esta habitación? —siguió el detective—. Alguna de esas pequeñas cosas a las que no se le dan importancia...

—Sí. Sólo esto... Pero es un triste papelucho lleno de indescifrables garabatos...

Y el comisario tendió al detective la hoja del cuadernito de notas pertenecientes al secretario.

Alejandro la atrapó entre sus dedos con avidez. Luego se quedó con los ojos pegados a ella durante cinco largos minutos, sin decir una sola palabra. Después, en el silencio del anochecer, brotaron de sus labios unas enigmáticas notas musicales:

—Tarí, ta, ta; tarí, ta, ta; ti, ti... ¡Caso resuelto, comisario! Vamos al bar... Allí le explicaré tranquilamente, en «mi» mesa, la clave de este misterioso robo...

Instantes después, en la mesa que siempre ocupaba Alejandro Simón en *El Gato Negro*, y frente a su eterno chocolate con picatostes, el joven detective comenzó a hablar:

—Verá, comisario: la persona que robó los sellos no era zurda...

—¡Ja, ja, ja! —estalló de risa Antonino—. Esa es la cosa más chistosa que he oído en toda mi vida. Entonces, el tipo que está grabado en el vídeo, que todo lo hacía con la mano izquierda, ¿quién era?, ¿una visión?

—En cierto modo, sí...

—¿Cómo? —dijo Antonino poniéndose muy serio instantáneamente.

—Sí... Esa persona no era *real*... Era tan sólo *una imagen*...

La pipa de Antonino soltó espesas humaredas.

—¿Ha dicho *una imagen*? Vamos, vamos... Ya soy mayorcito para creer en los fantasmas, Simón.

—Pues así es... Se trataba de una imagen reflejada en un espejo... El vecino que descubrió al ladrón, no grabó la realidad... Grabó lo que se reflejaba en el gran espejo que cubre toda una pared de la gran sala... Y, en un espejo, la mano derecha de una persona se convierte en la izquierda... ¡El ladrón era diestro! Pero reflejado en el espejo daba toda la impresión de que se trataba de un zurdo... Los hechos reales sucedían en otro lugar de la habitación que no puede verse desde el balcón del vecino... Mire...

Y Alejandro, tomando su pluma y una de las cuartillas que siempre tenía en la mesa, realizó el siguiente dibujo:

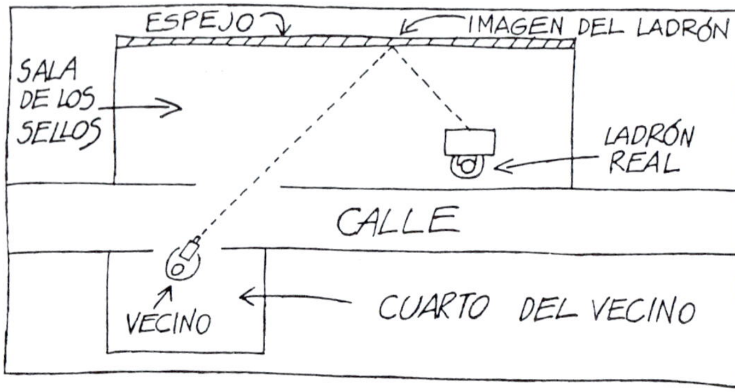

—¿Lo ve? Este es el esquema de la situación del vecino, con respecto al ladrón, mientras estuvo grabando... ¿Comprende ahora? ¡Ah! ¡Qué torpes hemos sido! ¿Cómo no nos dimos cuenta antes de que la grabación había captado unas imágenes reflejadas en el espejo?

Antonino había entrado ya, completamente, en su fase de alelamiento, cuando se quedaba mirando fijamente a Simón como si estuviese en otro mundo. Su voz sonó bastante bajita:

—¡Sí... Pero... Ese ladrón diestro, ¿quién es? ¿Lo...? ¿Lo sabe usted?

—Desde luego que lo sé... Y lo he sabido en el mismo instante en que usted me ha dado esa hoja de cuaderno perteneciente al secretario...

—¿Esa hoja? ¿Qué ha podido ver en semejante embrollo?

—Las notas musicales... Las notas escritas en su ángulo inferior derecho...

Y, Alejandro, en la misma cuartilla, escribió las notas que se veían en dicha hoja.

Antonino las miró absorto, sin decir una sola palabra.

—Afortunadamente, tengo la carrera completa de piano y la lectura de estos compases resulta algo del todo elemental para mí... ¿Se figura cuál es su sonido?

—Pues no... Pero, vamos, señor Simón, ¿me quiere explicar qué tienen que ver unas ridículas notillas de música con un experto ladrón de sellos?

—Tarí, ta, ta; Tarí, ta, ta; ti, ti... —tarareó el detective como única respuesta.

—¡Y ahora me sale usted con la música del ovni!

—Efectivamente. Se corresponde con las notas de esta hojita...

—Bueno, sí; pero del ladrón, ¿qué me dice?

—Que esa música, según usted mismo, sólo se oyó *una vez; una sola*... Justamente a las 2,45 de la madrugada. ¿Cómo podría haberlas anotado el secretario, si asegura que a esa misma hora estaba muy lejos de aquí, dormido en un tren, y que no vio el ovni?

Antonino se había vuelto a quedar alelado.

—El secretario, a las 2,45 de la noche pasada, no estaba de viaje. Se encontraba en la gran sala de los sellos robando las piezas más valiosas... Vio la intensa luz del ovni a través de las rendijas de la persiana y quiso comprobar de dónde provenía aquella extraña claridad. Al abrir la persiana vio el ovni... y, en ese momento, la nave emitió sus notas... El secretario, que también ha estudiado música, ante fenómeno tan sorprendente, anotó los sonidos en una hoja suelta de su cuaderno. Una hoja suelta que encontró en el primer bolsillo donde metió rápidamente su mano. Luego, debido al nerviosismo, la dejó olvidada...

Un hilo de voz salió de la garganta de Antonino.

—¿Y...? ¿Y cómo entró en la sala de los sellos? La casa estaba bien cerrada, y tampoco pudo hacerlo por el bar, que también se encuentra cerrado a esas horas...

—Bien, eso no lo sé con total seguridad, pero el propio secretario se lo contará a usted en cuanto le atrape. Yo sospecho que estuvo todo el día escondido en la habitación de los trastos que comunica con *El Gato Negro,* metido en el gran armario hasta que cerraron el café. Entonces subió a por los sellos... Y se volvió a esconder en el mismo lugar, justo hasta esta mañana, en que ha aparecido aquí diciendo que volvía de un viaje. Seguramente acababa de salir del armario y aún llevaba escondidos los sellos en alguna parte de sus ropas... También llevaba, por supuesto, un frasco de colonia *Fragancias del Oasis.* Después del robo, roció la habitación con ese perfume... No sé la causa, pero quería que pareciese obra del *Zurdo.* Eso también tendrá que averiguarlo usted...

El comisario, con la pipa completamente apagada, miraba a Alejandro como quien está contemplando a un aparecido. Permaneció en silencio por lo menos dos minutos. Y, después, de pronto, como si regresase de otro mundo, reaccionó con todas sus energías.

—¡El número uno! ¡No caben ya dudas de ninguna clase! Es usted el número uno. Lo reconozco... ¡Choque esos cinco! Y, por supuesto, le invito a cenar ahora mismo. ¡Faltaría más!

El detective le tendió la mano.

—Gracias, gracias, Antonino... Por cierto, comisario, se ha sabido que el ovni que usted vio anoche, no era tal ovni... Se trata de un avanzadísimo y espectacular aerostato japonés con el que están haciendo pruebas... Lo quieren hacer volar con motivo de las grandes fiestas del 92.

4 Secuestro en el expreso

LAS 10 h 29' 5''. Como un inmenso gusano metálico, el expreso nocturno Villacentro-París aguardaba su inminente partida en la gran estación del Norte. Sólo faltaban 55 segundos. Todos los pasajeros ocupaban ya sus puestos. Sonó el silbato del jefe de estación dando la orden de partida... Fue entonces cuando se vio aparecer por un extremo del andén a un hombre rechoncho que corría como un cohete en dirección al expreso. Tras él iba quedando una estela de nubecitas blancas.

—¡Alto! ¡Alto! ¡Que falto yo!

Un joven se asomó por la puerta del coche cama al oír aquellas voces.

—¡Corra, comisario! ¡Que esto se pone en marcha! —gritó dicho joven.

—¡Agárrame de la mano, Castrillo, o me daré el mayor mamporro de toda mi vida!

Desde la locomotora surgió un potente silbido y el convoy comenzó a moverse lentamente. Antonino, cogido de la mano de Castrillo, corrió junto al expreso, cada vez más deprisa, más deprisa, rojo como un tomate. Al fin, tras cincuenta metros de carrera, mediante un ágil salto mortal, se encaramó al vagón.

—¡Comisario, creí que no llegaba!

—¡Puf! Es que hay un tráfico de mil demonios en la ciudad... Deprisa. Vamos a ver a ese hombre... ¿Todo bien?

—Perfectamente. Pero aún no he visto a los tres policías que nos iban a mandar de la Comisaría Central...

—Pues tendremos que buscarlos.

Antonino y Castrillo avanzaron rápidamente por el pasillo del vagón.

—Aquí es —dijo el joven inspector deteniéndose frente a una de las diez puertas que había en aquel pasillo.

Antonino dio unos golpecitos en la madera y dentro se oyó una voz con mucho acento inglés: «Pase.»

Instantes después, el comisario y su ayudante estaban en el interior de una cómoda cabina. Sentado en la cama, les miraba un hombre de unos cuarenta años, con gafas oscuras y el cabello castaño muy alborotado.

—Soy el comisario Antonino —dijo el policía—. Como ya sabrá, me encargo de su custodia hasta París... Dentro de unos momentos regresaré aquí para darle ciertas instrucciones. Deberá cumplirlas durante todo el viaje... ¿De acuerdo?

—OK —respondió el hombre de los pelos revueltos.

—De momento, no salga de la cabina... Y ciérrela por dentro. Ahora volvemos...

Otra vez en el pasillo, Castrillo preguntó:

—Comisario, aún no sé quién es ese hombre... Como me dio usted la orden de presentarme en el tren de sopetón, sin explicarme nada...

—Sí es cierto... A mí también me han encomendado esta misión de pronto. Bueno, se trata del famoso científico norteamericano Gary Cooper, premio Nobel de Física...

—¿Gary Cooper? ¡Pero si Gary Cooper es un antiguo actor!

—Sí, ya lo sé. Pero este señor se llama también Gary Cooper... ¿No hay montones de personas que se llaman Juan Pérez? Pues del mismo modo hay varios *Garys Cooperes...*

—Ya, ya...

—Pues bien, es el director de un equipo que trabaja en la creación de cierta supercomputadora secreta... Y nuestro Servicio de Inteligencia ha sabido que puede ser secuestrado en este viaje por agentes de algún país de Oriente Medio... Nuestra misión consiste en que llegue sano y salvo a París... Ahora tenemos que encontrar a los tres policías que nos han mandado para ayudarnos...

Habían llegado a la portezuela situada al fondo del vagón. Y Antonino se disponía a abrirla cuando se abrió ella sola empujada por alguien desde el otro lado. Era un policía de uniforme. Detrás venían otros dos.

—¡Ah! El comisario Antonino, si no me equivoco —dijo el policía—. Estábamos buscándole.

—Pues no se equivoca. Yo también les buscaba.

—Sargento Gómez, de la Comisaría Central. A sus órdenes.

—Vengan; vengan a nuestra cabina...

La cabina del comisario y Castrillo estaba al lado de la que ocupaba el físico Gary Cooper. Instantes después, nuestros dos amigos estaban reunidos en ella con los tres policías de uniforme. El sargento Gómez era un hombre grande y muy fuerte; el agente Pérez llevaba gafas oscuras, y el otro policía, López, mostraba un bigotito la mar de cuco. El comisario, haciendo humear su pipa, comenzó a hablar:

—La vigilancia máxima deberá establecerse durante los minutos en que el expreso permanezca detenido en una estación. Es en esos momentos cuando don Gary Cooper puede ser secuestrado... Entonces, uno de ustedes se colocará junto a la puerta delantera del vagón y otro en la del extremo opuesto. El tercero permanecerá junto a la cabina de Cooper. Durante esas paradas, el inspector Castrillo y yo permaneceremos *dentro* de la cabina del físico... ¿Comprendido?

—Comprendido —respondió el sargento Gómez.

—¿Qué haremos mientras el tren esté en marcha? —preguntó López, el policía del bigotito.

—Mientras el tren esté en marcha todos ustedes se quedarán en el pasillo del vagón. Dos en los extremos del mismo, junto a las puertas. Y el otro en el centro, controlando a todo el que cruce por él y sin quitarle el ojo a la cabina de don Gary... ¿De acuerdo?

—De acuerdo —respondió el sargento.

—Ahora vayan a ocupar sus puestos. Y hagan el favor de decirle al revisor que se pase por aquí.

Los tres policías salieron de la cabina. Y, momentos después, aparecía en la puerta el revisor del expreso. Iba todo vestido de marrón y con una gorra como la de los gendarmes franceses.

—¿Me llamaba, señor comisario?

—En efecto... ¿Me puede decir el número de personas que viajan en este tren?

—¿Con o sin?

—¿Cómo que con o sin?

—¿Contando a los empleados o sin contarlos?

—Con.

—Setenta y dos pasajeros y seis empleados.

—Está bien... Muchas gracias, buen hombre.

Cuando se quedaron solos Castrillo y el comisario, éste, de forma bastante misteriosa, se aproximó al joven inspector. Le habló en voz baja, como si temiera que alguien le oyese.

—Castrillo, faltan dos horas para llegar a la próxima estación y el vagón se encuentra perfectamente vigilado por los tres policías de la Comisaría Central... ¿Qué te parece si nosotros dos nos vamos al coche restaurante y echamos una partidita? Me he traído mi tablero portátil...

* * *

AVISO

1 h de la madrugada. El tren partía pesadamente de la segunda estación que tocaba en su recorrido. Había estado detenido treinta minutos. Durante ellos, las instrucciones dadas por Antonino se cumplieron con toda exactitud por segunda vez. Y cuando el expreso se puso en marcha de nuevo, Mr. Gary Cooper seguía sano y salvo en su cabina.

—Bueno, Castrillo, volvamos al restaurante —dijo Antonino—. Supongo que tendrás la valentía de concederme la revancha...

—Por supuesto, comisario.

Tras su primera derrota, el humor de Antonino no podía ser peor. El coche restaurante se encontraba desierto. Al entrar en él, sólo había allí un solitario viajero. Estaba de espaldas, sentado junto a la mesa del comisario y Castrillo. Había aparecido mientras ellos estuvieron en la cabina de Gary Cooper, durante la parada.

Antonino y su ayudante se sentaron frente a frente. Colocaron el tablero de ajedrez en el centro de la mesa. El camarero se aproximó a ellos.

—¿Quieren algo más?

—Sí; yo otro café solo con tres terrones de azúcar —dijo Antonino.

—Yo lo mismo, pero con un solo terrón —añadió Castrillo.

Después, el camarero se dirigió al hombre que estaba de espaldas a nuestros dos policías.

—¿Qué desea el señor?

—Un chocolate con picatostes —se oyó la voz del solitario viajero.

Al escuchar aquello, Antonino se volvió como una centella. El señor que tenía a su lado de espaldas no era otro que un joven elegantemente vestido. Traje gris cruzado con una fina rayita negra. Su pelo engominado relucía bajo los fluorescentes del vagón.

—¡Alejandro! —exclamó Antonino.

El brillante detective, especialista en fósiles, se giró también como una centella.

—¡Comisario! ¡Castrillo! ¿Ustedes aquí? ¡Qué pequeño es el mundo!

Poco después, los tres hombres charlaban animadamente en la mesa de Antonino.

—Yo me dirijo a París —dijo Alejandro Simón—. Verán, necesito consultar un volumen único, del siglo XIX, que se encuentra en la Biblioteca Nacional francesa... Un libro relacionado con cierto fósil de suma rareza, perteneciente al Pleistoceno... ¿Y ustedes?

Pero Antonino no respondió. Estaba completamente abstraído, mirando a cuatro individuos con aspecto de árabes que acababan de aparecer en el vagón restaurante. Los cuatro eran altos y de hombros muy anchos. Tenían grandes bigotes negros y el pelo muy corto. Echaron una mirada a todo el vagón y luego lo cruzaron de un extremo a otro, desapareciendo por una de sus puertas.

—Esos tipos no me gustan nada —dijo Antonino en voz baja—. Y van en dirección al vagón donde se encuentra Gary Cooper. ¡Atención, Castrillo! No estaría mal que averiguases a dónde se dirigen...

Y el joven inspector, sin decir una palabra, se puso en pie y siguió el camino que habían tomado los cuatro sospechosos.

Caminaban en fila india. El restaurante estaba situado cuatro vagones más atrás que el coche cama. Los fortachones sujetos árabes atravesaron el primer vagón, luego el segundo y al fin el tercero. Después, penetraron en la unidad donde iba el físico norteamericano. Castrillo lo hizo también. El policía de las gafas oscuras ocupaba su puesto, junto a la primera puerta. El sargento se encontraba en el centro del vagón. López, el del bigotito, hacía guardia al otro extremo. Los cuatro sospechosos, sin decir una palabra, avanzaron por el pasillo hasta desaparecer tras la puerta del fondo, Dios sabe hacia dónde. Castrillo respiró tranquilo y se detuvo junto al sargento.

—¿Alguna novedad?

—Ninguna, inspector. El señor Cooper no se ha movido de su sitio desde que ustedes han estado con él.

Y Castrillo, con un gesto mecánico, llevó su mano al picaporte de la cabina donde estaba el americano para echarle una miradita. Metió la cabeza en el aposento. Y volvió a sacarla con la velocidad de un relámpago. La estupefacción más asombrosa se reflejaba en el rostro de Castrillo.

—No... No... ¡No está! ¡Gary Cooper ha desaparecido! —gritó al fin con voz temblorosa.

El sargento Gómez se precipitó junto al inspector y tras él, los otros dos policías.

—¡Pero es imposible! —exclamó el sargento mirando al interior de la cabina vacía—. Ese hombre no ha salido de aquí en ningún momento, ni nadie se ha acercado a esta puerta, ni se ha abierto una sola vez...

—Y en la última parada, nosotros, el comisario y yo, hemos estado a su lado todo el tiempo... —añadió Castrillo—. ¡Voy a avisar a mi jefe!

Lo primero que hizo Antonino al saber la noticia fue lanzar hacia el techo una columna de humo con la fuerza de una olla exprés. Después corrió como un loco hacia el vagón de Gary Cooper. Acto seguido comprobó qué, en efecto, no estaba en su sitio. Y después les echó a los tres hombres de la Comisaría Central la mayor bronca que se registra en los anales de la policía.

—¡Inútiles! ¡Más que inútiles! ¡Se ha volatilizado en sus mismas narices! ¡En sus mismísimas narices!

—Comisario... Yo le juro que... —empezó el sargento con cara de pena.

—¡Silencio! Vamos a ver; si ese hombre estaba en el tren cuando abandonamos la última estación, tiene que seguir en él a la fuerza. Con que, ¡andando! Hay que registrar el convoy palmo a palmo, centímetro a centímetro, milímetro a milímetro... ¡Manos a la obra!

Faltaban tres horas para llegar a la próxima estación. Y en 120 minutos se hizo un registro del expreso tan minucioso que, al fin, se pudo asegurar una cosa bien triste: el gran físico norteamericano Gary Cooper había desaparecido del tren sin dejar ni rastro.

Antonino ordenó que todos los pasajeros, así como los empleados, se reuniesen en el vagón restaurante. Menos el maquinista y su ayudante, claro está. Y se hizo un recuento de ellos. Había 76 pasajeros.

Antonino, agitadísimo, se dirigió al revisor.

—Dígame usted: ¿cuántas personas han bajado del tren hasta ahora? ¿Y cuántas han subido?

—Han subido cuatro y no ha bajado ninguna. Luego las cuentas están bien. Si antes llevábamos 72 viajeros y han subido cuatro, pues ahora hay, en efecto, 76.

—¡Pues no, señor! —gritó Antonino desesperado—, ¡Las cuentas están mal, completamente mal...! No debía haber 76 viajeros, sino 75, ya que falta el señor Gary Cooper... ¿Qué ocurre aquí? ¡No entiendo absolutamente nada! ¿Y usted, Alejandro?

El joven detective había permanecido todo el tiempo al lado de Antonino.

—Es extraño... Muy extraño... Tendría que meditar.

—¡A ver, ustedes! —les dijo Antonino a los tres asustados policías de la Comisaría Central—. Encárguense de que todo el mundo desaloje el coche restaurante... Y que nadie pase al mismo hasta nueva orden. Este señor y yo tenemos que meditar a solas...

El expreso nocturno Villacentro-París atravesaba los negros campos como una exhalación. Y, dentro de

él, dos hombres, uno junto al otro, recorrían el vagón restaurante de arriba abajo y de abajo arriba, una y otra vez. Paseaban con las manos atrás y la mirada fija en la punta de sus zapatos. Por la pipa de Antonino brotaban rápidas y abundantes nubes de humo. Sentado en una mesa, con aspecto de aburrirse muchísimo, Castrillo observaba sus evoluciones.

Y, de pronto, Alejandro Simón se detuvo en medio del vagón. Permaneció durante unos segundos con la mano en la barbilla y la vista fija en el suelo. Luego, murmuró para sí mismo:

—Claro, está muy claro.

—¿Qué es lo que ve muy claro? —dijo Antonino colocándose a su lado.

—El caso, comisario... Está resuelto.

—¿Resuelto?

—En efecto. Pero necesitaremos la ayuda de los tres policías de la Comisaría Central para atar todos los cabos... ¿Puede llamarlos?

—Desde luego...

—Hay una condición que no sé si va a aceptar... Deberá hacerlos entrar por separado... Y tendrá que esposarlos conforme vayan apareciendo.

Las cejas de Antonino se pusieron de pico.

—¡Señor mío! Yo no puedo hacer eso con unos policías que no son culpables de nada, por muy desastrosos que sean... ¿Me quiere decir qué está tramando?

—Nada especial... Sólo descubrir el misterio de este

secuestro. Si no actuamos como le digo, le aseguro que llegaremos a París sin haber encontrado al señor Cooper...

Diez minutos más tarde, los tres policías de la Comisaría Central permanecían esposados en el coche restaurante. Los fueron llamando uno a uno y, nada más entrar en el vagón, Castrillo les colocaba las esposas por sorpresa.

—¡Esto es un abuso, comisario! ¡Un intolerable abuso! ¡Daré parte a sus superiores! ¿Qué hemos hecho para que nos trate de esta forma humillante? —protestaba el sargento.

—Disculpen, señores, disculpen... Estamos haciendo unas pruebas, un simulacro... —respondió Antonino completamente apurado—. Y bien, caballerete, ¿me puede usted explicar ya cuáles son sus intenciones?

—¿Conocía usted a estos hombres antes de subir al expreso? —preguntó el detective.

—No, señor, no los conocía... Mi jefe me notificó por teléfono que nos los enviaban desde la Comisaría Central...

—Exacto. Todo concuerda —siguió Simón—. Pues observe, comisario.

Entonces, el joven detective, con la mayor tranquilidad, se aproximó despacio al policía Pérez, el de las gafas oscuras. Con su mano derecha, delicadamente, le quitó las gafas. Se vieron entonces sus inteligentes ojos claros. Luego, también despacio, Alejandro apartó la gorra que cubría su cabeza. Al hacerlo, aparecieron unos alborotados cabellos de color castaño.

—¡Gary Cooper! —exclamó Antonino con los ojos tan abiertos como los de siempre; o sea, como platos soperos—. Pero... ¿Me quiere usted explicar...?

—¡Increíble! —murmuró Castrillo—. Yo tampoco lo entiendo.

—Se lo aclararé todo, comisario. Es muy sencillo... Pero, antes, quítenle las esposas al señor Cooper y busquen a un viajero con gafas oscuras que estará en alguna parte del tren... Deténganlo también.

Al viajero con gafas oscuras lo encontró Castrillo escondido en los servicios del último vagón. Era el policía Pérez. Tanto él, como sus dos compañeros, fueron encerrados en la cabina de Antonino. Y ahora, en el coche restaurante, frente a tres humeantes cafés y un chocolate con picatostes, Alejandro Simón estaba hablando. Le escuchaban, absortos, el comisario, Castrillo y Gary Cooper.

—Los secuestradores no son otros que los tres falsos policías de la Comisaría Central. Estos hombres, que lo tenían todo perfectamente planeado, sabían que ustedes no conocían a los verdaderos agentes. En el camino hacia la estación, en Villacentro, los tres secuestradores atacaron a los verdaderos policías... No sé lo que habrán hecho con ellos... Lo cierto es que se presentaron en el expreso ocupando su lugar...

—¡Idiota de mí! ¡Más que idiota de mí! —se lamentó Antonino.

—Y hay algo muy interesante... —siguió Alejandro—. Los secuestradores eligieron a un hombre que se pareciese vagamente a Mr. Cooper y de estatura parecida... Con las gafas oscuras aún se parecía más...

Al salir de la última estación donde hemos parado, cuando Castrillo y usted se vinieron a este vagón, llevaron a efecto su plan. Era muy simple: penetraron en la cabina del señor Cooper y le obligaron a vestirse de policía con el uniforme del supuesto Pérez... Éste, por su parte, se puso un traje normal que ya traían preparado. Luego se mezcló entre el público, como un viajero más... Nuestro físico fue obligado a ocupar en el pasillo el lugar de Pérez...

—Cierto, muy cierto... —dijo el norteamericano con muchísimo acento de Massachusetts.

—Le amenazaron de muerte inmediata si delataba quién era... Ustedes dos, comisario, no se habían fijado especialmente en los tres policías. Bueno, sabían que estaba el sargento y dos más: uno con bigote y otro con gafas oscuras... En el momento del secuestro, no se detuvieron a observar si Pérez era Pérez y no otro, estaban demasiado agitados para tal cosa. Por allí andaba el policía de las gafas oscuras y jamás pensaron que no fuese verdaderamente él... Ahora comprenderán porqué no faltaba ningún viajero en el expreso y las cuentas del revisor eran buenas y, también, por qué ha sido preciso ir esposando por sorpresa a esos tres hombres... Son peligrosos, muy peligrosos...

Hubo un silencio durante el que sólo se oyó el rítmico traqueteo del expreso.

—¡Oh! ¡Excelente, señor! —exclamó al fin Gary Cooper—. Tiene usted una mente lógica que hubiera servido para la Física y las Matemáticas...

—Bueno... —dijo Alejandro con el tono más modesto posible—. Hace ahora justamente un año que me doctoré en Ciencias Exactas... Soy Físico desde hace tres...

El norteamericano se quedó completamente mudo. Y, mientras, Antonino, con su vehemencia de siempre, estaba diciendo esto:

—¡Jamás me cansaré de decirlo! ¡Es usted el número uno indiscutible! Lo reconozco, sí señor. ¡El número uno! En cuanto lleguemos a París, está usted invitado a comer en el mejor restaurante de la *Ville Lumière*... ¡Choque esos cinco!

El expreso, mientras tanto, seguía horadando el túnel de la noche, como un gusano metálico que avanzase a 150 kilómetros por hora...

Fin

alta mar

comentamos el texto

Doscientas cuarenta y nueve cifras

El juego deporte

El comisario Antonino es un empedernido ajedrecista, que siempre pierde. Para que no os pase lo mismo:

Con el fin de que aprendáis a jugar al ajedrez, con ayuda de vuestro tutor poneos en contacto con la Federación Nacional de Ajedrez y organizad unas jornadas en el colegio. Luego montad un torneo-liga entre todos los de la clase y también con los de otras clases.

1.1. Resume en pocas líneas las reglas de este juego-deporte, el ajedrez:

....

....

....

....

....

....

....

1.2. Se menciona a Kasparov, actual campeón del mundo de ajedrez. Haz un poco de historia y escribe el nombre de los cuatro últimos campeones del mundo y su nacionalidad.

....

....

....

....

....

1.3. En este capítulo, nuestro comisario practica el juego «las tres en raya», lo hace con el mismo éxito que el ajedrez. En este caso, el contrincante defiende que se puede ganar siempre. Infórmate si esto es así, o sólo se trata de un juego de atención, ya que para ganar hace falta el descuido del contrario.

Aporta el resultado de la información en cuatro líneas:

....

....

....

....

1.4. Los crucigramas son pasatiempos; escribe el nombre de otros cuatro pasatiempos.

....

....

1.5. Completa el siguiente crucigrama con términos que aparezcan en el capítulo.

HORIZONTALES

1. Vaso sagrado para consagrar el vino en la Misa.
2. Vestido que llevan los sacerdotes.
3. Lo que bebía el sacristán.
4. Ágata listada.
5. Estilo arquitectónico de la iglesia.

VERTICALES

1. Personaje de la obra.

2. Vamos con la historia y el arte

Se habla de una iglesia románica (siglo XII), también de algunos elementos arquitectónicos (pórtico, bóvedas, etc.). Ahora nos vamos a plantear algunas cuestiones previas.

2.1. Escribe las características más importantes del arte románico.

....

....

....

....

....

....

2.2. Enumera las obras más representativas de este estilo en España. Si las desconoces, sigue un proceso de investigación y cuéntanos los pasos dados.

Obras más representativas

....

....

....

....

....

....

Proceso de investigación

....

....

....

....

....

....

....

2.3. Haz una línea del tiempo que recoja los diferentes estilos arquitectónicos comprendidos entre el siglo VIII y la actualidad (en España). Añade una obra representativa de cada uno de ellos y el lugar donde se encuentra.

Estilos

____

Obras

____

Lugar

____

2.4. Se mencionan dos épocas de la Historia (Prehistoria y Edad Media). Elige una de las dos y, en pocas líneas, cuéntanos cosas de ese período. Procura que incluya hechos reales y fantásticos (inventado por ti). (Hazlo en tu cuaderno.)

3. Creatividad y otras lenguas

El párroco, don Gumersindo, habla mucho en latín; esta actitud no es muy adecuada, cuando los demás no conocen la lengua que usamos.

3.1. Seguro que no sabes latín, pero sí algo de inglés o de de francés. Escribe dos frases de las que dice don Gumersindo en latín. Debajo las repites en español y luego en inglés o francés.

Latín: ....

Español: ....

Inglés o francés: ....

Latín: ....

Español: ....

Inglés o francés: ....

3.2. Si has estado atento a la resolución del caso, seguro que eres capaz de inventarte una clave para comunicarte con un compañero. Inténtalo.

Si crees que tu clave es muy buena, preséntala a la policía. ¿Quién sabe si les ayudas...?

....

....

....

....

....

4. Ahora, la lengua

El capítulo es muy rico en expresiones de todo tipo. Así tenemos: llover a mares, ponerse como una sopa, etc.

4.1. Busca otras dos expresiones y explica su significado:

Expresión	Significado
....	....
	....
	....
....	....
	....
	....

4.2. También aparece paraguas y una palabra de su familia, escríbela y completa la familia con otras tres más.

....

4.3. Hay algunas palabras en el capítulo que pueden resultar difíciles de comprender. Aquí tienes cuatro de ellas: *códice, mastabas, ónice, taxidermista.* Escribe su significado y recoge los vocablos que aparezcan en el capítulo y que no conozcas. (Hazlo en tu cuaderno.)

4.4. Nos encontramos con un adverbio poco usado «doquier» (dondequiera); ahora vamos de adverbios.

Busca seis adverbios, dos que hagan de complemento de un verbo, otros dos que complementen a un adjetivo y, por último, otros dos que complementen a otro adverbio.

Complemento del adjetivo

....

....

Del verbo	De otro adverbio
....	....
....	....

4.5. Sinonimia:

Tenemos que encontrar, al igual que a los ladrones, sinónimos de las siguientes palabras y expresiones que aparezcan en el capítulo.

Grueso y bajo: ....

Trabajo mal hecho: ....

Juntar mucho: ....

Copa: ....

Tétrico: ....

Reverenciaban: ....

5. Descubrir el caso

5.1. En una novela de misterio nos hace falta la deducción, la agudeza, la concentración y un sinfín de detalles que nos lleven a descubrir el caso.

5.2. El final del capítulo parece que queda un poco en el aire, continúa el capítulo y dale el final que te parezca más original.

....

....

....

....

....

....

5.3. De todos los finales de la pregunta anterior, elegir los tres más originales y así tendremos un relato con tres finales. (Usa tu cuaderno.)

5.4. Alejandro Simón sorprende al comisario Antonino con rápidas deducciones. En la vida real, ¿puede darse un Alejandro Simón o la cosa va más lenta? Razona tu respuesta.

....

....

....

....

El triunfo de Antonino

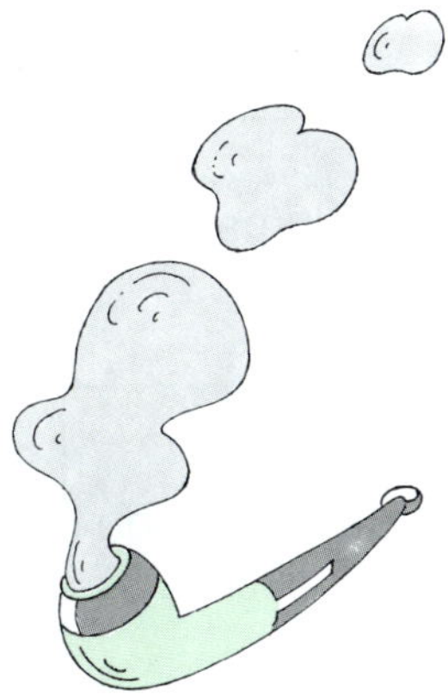

Que nuestro comisario venza en algo es cosa difícil; por eso lo vamos a celebrar y lo vamos a inmortalizar.

Para ello realizaremos una adaptación del capítulo con sus acotaciones, sus entradas de personajes, sus planos y demás aspectos cinematográficos y... ¡A grabar!

A continuación verás una muestra de los distintos planos de cámara y también el principio del capítulo con su guión.

Intenta continuar.

PLANO	ABARCA	FIGURA HUMANA
GENERAL	Gran espacio	Alejada, empequeñecida
ENTERO	Figura humana íntegra	Relieve personal, identificación de rodaje
AMERICANO O 3/4	Figura humana de rodilla a cabeza	Cercana
MEDIO	Figura humana de cintura a cabeza	Cercana
PRIMER PLANO	Rostro	Familiaridad. Pierde totalmente protagonismo lo que hay alrededor
DE DETALLE O PRIMERÍSIMO PLANO	Parte de la cara u otro objeto del ambiente	Intimidad

INTERÉS	FUNCIÓN SIGNIFICATIVA
Ambiente, lugar de la acción	Descriptivo
Acción humana	Narrativo, dramático
El ambiente cede protagonismo en beneficio de los personajes	Narrativo, dramático
Diálogos, gestos, ambiente poco significativo	Observación psicológica, observación de brazos y cabeza
Estado anímico	Se lee la expresión, el gesto, el estado de ánimo. Reacciones psicológicas
Emociones sentimentales	Expresivo, simbólico. Lectura de detalles

GUIÓN

El triunfo de Antonino

(Adaptación.)

(Mañana soleada y cálida, una fila de lujosos coches frente al hotel de los cuales se bajan todo tipo de personas portando sus equipajes.)

* *La cámara hace un plano general de los coches y del hotel.*

(Llegan al hotel, en un coche viejo, nuestros personajes.)

* *La cámara hará un paso de plano general a plano entero, fijándose en el coche y en nuestros personajes. También algún plano detalle de la pipa del comisario.*

(Antonino y Castrillo entran en el vestíbulo del hotel.)

CASTRILLO.—Pero, comisario, no me había dado cuenta hasta ahora de que se ha traído su paraguas... ¿Para qué lo quiere, si luce un sol radiante y no se divisan en todo el horizonte otras nubes que las de su pipa?

ANTONINO.—Hombre prevenido vale por dos, Castrillo. En primer lugar, nunca se sabe si va a cambiar el tiempo en un abrir y cerrar de ojos y, en segundo lugar, el paraguas nos servirá de sombrilla si bajamos a dar un paseo y el sol aprieta. ¿Has visto qué tamaño tiene?

* *La cámara sigue con un plano entero a nuestros protagonistas, hace un primer plano del paraguas.*

CASTRILLO.—Pues no... Abierto no lo he visto nunca...

(Antonino abre el paraguas en medio del vestíbulo.)

* *La cámara hará un cambio rápido y pasará a plano detalle con el paraguas abierto.*

ANTONINO.—¿Has visto Castri...?

(Interrumpe el director del hotel).

* *La cámara partiendo de un plano general irá aproximando al director en su carrera hasta nuestros personajes.*

DIRECTOR.—¡¡No!!, ¡no la abra, por favor!

(El director grita y gesticula con grandes aspavientos. Antonino mira sobresaltado a todas partes.)

* *La cámara cambiará alternativamente con primeros planos del director al comisario.*

ANTONINO.—Pero, ¿qué le ocurre, buen hombre?

DIRECTOR.—¡Por el amor de Dios, quiere cerrar ese cacharro! ¿No sabe que abrir un paraguas en el interior de una habitación trae malísima suerte?

(Antonino cierra el paraguas.)

* *La cámara hará un primer plano y pasará a plano detalle al fijar el cierre del paraguas.*

El zurdo

1. Aficiones

El capítulo es rico en aficiones; en este caso Antonino no tiene mucha idea, desconoce el valor de los sellos, ignora lo que es la papiroflexia.

¿Qué os parece si le ayudamos y lo ponemos un poco al día sobre los sellos?

1.1. Infórmate, a través del Servicio Filatélico de Correos de España, de algún libro especializado en la historia del sello y cuéntale al comisario el «abc» de la filatelia.

Podrías empezar por aclararle términos como:

Filatelia, dentado, primer centenario, segundo centenario, coleccionismo, etc. Y así pasar a aspectos más concretos.

....

....

....

....

....

....

1.2. Explícanos, si eres coleccionista de sellos, en qué consiste tu colección. En caso contrario, ¿no te seduce eso de coleccionar sellos?... Es como los cromos.

....

....

....

....

....

1.3. Busca la definición de «papiroflexia», escríbela para que Antonino no se extrañe de nuevo.

....

....

1.4. Como ejercicio práctico realiza una «pajarita de papel» y en un folio dibuja los distintos pasos hasta llegar al resultado final.

1.5. El interés y afición de Alejandro Simón por los fósiles es admirable. Casi todo lo que hace lo domina.

También hay mucha afición al coleccionismo de fósiles. Para terminar con el capítulo y con el comentario del libro os propongo una excursión.

A continuación puedes escribir el itinerario a seguir.

....

....

....

....

....

....

....

....

....

....

....

....

....

1.6. Con la ayuda de vuestro tutor podéis visitar algún lugar próximo donde se encuentren fósiles y luego montar una exposición en el colegio con las mejores piezas recogidas. Podéis añadir información escrita sobre cada fósil en una ficha.

Secuestro en el Expreso

1. Agatha Christie

¡Vamos de viaje!, nuestros amigos deben custodiar a un gran científico, premio Nobel de Física.

Por las características del capítulo me viene a la mente una autora de novelas de misterio: Agatha Christie, y cómo no, su Hércules Poirot.

1.1. Infórmate y redacta una nota biográfica sobre Agatha Christie.

....

....

....

....

....

....

....

....

....

1.2. Haz una relación de cinco títulos de Agatha Christie y redacta de cada uno de ellos un pequeño resumen.

1.º

....

....

....

....

2.º

....

....

....

....

3.º

....

....

....

....

4.º

....

....

....

....

5.º

....

....

....

....

2. Gary Cooper

El nombre del científico nos lleva al cine. Nosotros ya hemos hecho nuestros «pinitos» con un texto y una cámara.

Para terminar el capítulo y el libro:

2.1. Realiza un informe sobre actores y actrices que han recibido el Oscar a la mejor interpretación masculina y femenina en los tres últimos años.

199__

Actor .... Película ....

Actriz .... Película ....

199__

Actor .... Película ....

Actriz .... Película ....

199__

Actor .... Película ....

Actriz .... Película ....

Índice

Pág.

FICHERO DE AUTORES

Samuel BOLÍN 5
Dedicatoria *para ti* 7

NUEVOS CASOS DEL COMISARIO ANTONINO

1. Doscientas cuarenta y nueve cifras 9
2. El triunfo de Antonino 44
3. El Zurdo 78
4. Secuestro en el expreso 116

COMENTARIO DEL TEXTO

Actividades, opiniones, reflexiones 133

Colección altaMar

Series

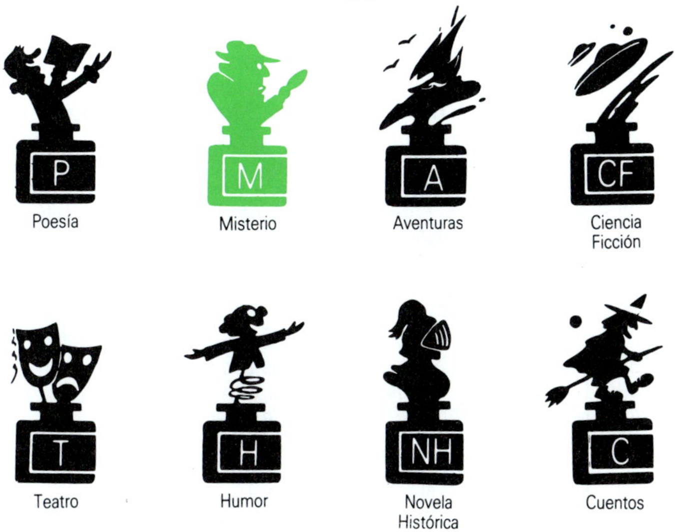

Títulos publicados

1. Carmen CONDE. *Despertar* (P).
2. Montserrat del AMO. *El abrazo del Nilo* (A).
3. Fernando ALMENA. *Los pieles rojas no quieren hacer el indio* (T).
4. Ángela C. IONESCU. *Déjame solo, Joe* (C).
5. Gianni PADOAN. *Concierto de Libertad* (NH).
6. Juan FARIAS. *Los apuros de un dibujante de historietas* (H).
7. Carlos MURCIANO. *La rana mundana* (P).
8. Juan MUÑOZ. *Las tres piedras y otros cuentos* (C).
9. Juana Aurora MAYORAL. *La cueva de la Luna* (CF).
10. Sauro MARIANELLI. *Una historia en la Historia* (NH).
11. Pilar MOLINA LLORENTE. *Aura gris* (NH).
12. Jean GUILLORÉ. *El viaje de Nicolás* (A).
13. Samuel BOLÍN. *Los casos del comisario Antonino* (M).
14. R. Hubert VON BISSING. *La Tierra del Oro Ardiente* (A).
15. Elvira MENÉNDEZ. *La máquina maravillosa* (CF).
16. Jules ROMAINS. *Knock o El triunfo de la medicina* (T).
17. Fernando ALMENA. *Marcelo Crecepelos* (H).
18. Juan MUÑOZ. *El feo, el bobo y el malo* (C).
19. Blanca GARCÍA-VALDECASAS. *Los chicos de La Maraña* (A).
20. Gloria FUERTES. *La poesía no es un cuento* (P).

21. Juana Aurora MAYORAL. *Enigma en el Curi-Cancha* (NH).
22. Alan C. McLEAN. *El fantasma del valle* (A).
23. Fernando G. TEJADA. *Noche de luna con gatos* (T).
24. Emilio SANJUÁN. *Simón, Simón* (H).
25. Jacques FUTRELLE. *La Máquina Pensante* (M).
26. José Luis VELASCO. *EL Océano Galáctico* (CF).
27. Gabriel JANER MANILA. *Cuentos para los que duermen con un ojo abierto* (C).
28. Manfred LIMMROTH. *El pequeño Otto ha desaparecido* (H).
29. Hilda PERERA. *Mumú* (A).
30. Alfredo GÓMEZ CERDÁ. *Luisón* (C).
31. Christopher KNOCK. *Edgar Wallace y el caso Software* (M).
32. Antonio-Manuel FABREGAT. *Los cuentos de mi escuela* (C).
33. Fernando LALANA. *Edelmiro II y el dragón Guitérrez* (T).
34. Avelino HERNÁNDEZ. *1943* (NH).
35. François GOUDET. *Marieta y los vikingos* (M).
36. Braulio LLAMERO. *El inspector Tigrili* (H).
37. Miguel Ángel MENDO. *Vacaciones en la cocina* (C).
38. Ángela C. IONESCU. *El país de las cosas perdidas* (C).
39. Concha LÓPEZ NARVÁEZ. *El tiempo y la promesa* (NH).
40. Mathias DUNANT. *El monstruo de Jarama* (CF).
41. Fernando LALANA y J. M.ª ALMÁRCEGUI. *La bomba* (H).
42. José Francisco VISO. *Don Caracol Detective* (M).
43. Fernando ALMENA. *El cisne negro* (T).
44. Hazel TOWNSON. *Los embrollos de Beny* (H).
45. Alfredo GÓMEZ CERDÁ. *El laberinto de piedra* (A).
46. Ángela C. IONESCU. *Los amigos* (M).
47. G. BEYERLEIN y H. LORENZ. *El sol no se detiene* (NH).
48. Lucila MATAIX. *Un calcetín del revés* (C).
49. Montserrat del AMO. *¡Siempre toca!* (T).
50. F. ALMENA, M. del AMO, J. FARIAS, J. M. GISBERT, A. GÓMEZ CERDÁ, G. JANER MANILA, C. KURTZ, F. LALANA, C. LÓPEZ NARVÁEZ, J. A. MAYORAL, P. MOLINA LLORENTE, J. MUÑOZ, C. MURCIANO, J. L. OLAIZOLA y M. PUNCEL. *Compañero de sueños* (C).
51. Enrique PÁEZ. *Devuélveme el anillo, pelo cepillo* (M).
52. José GONZÁLEZ TORICES. *Tengo mucho cuento* (C).
53. Juana Aurora MAYORAL. *Lirios de agua para una diosa* (NH).
54. Esteban BUÑUEL. *Quiero ser astronauta* (P).
55. Raúl JIMÉNEZ. *Aldurabahim* (A).
56. Carlos MURCIANO. *Las amapolas se han vuelto blancas de repente* (CF).
57. Samuel BOLÍN. *Nuevos casos del comisario Antonino* (M).
58. Juan MUÑOZ. *Ciprianus gladiador romanus* (H).
59. Achim BRÖGER. *Mi 24 de diciembre* (C).
60. Michel VINAVER. *Las historias de Rosalía* (A).
61. Fernando ALMENA. *El pavo Facundo* (H).
62. Concha LÓPEZ NARVÁEZ y C. SALMERÓN. *El parasubidas* (A).

Títulos en preparación

M.ª Dolors ALIBÉS. *Superfantasmas en un supermercado* (H).
Ana María ROMERO. *La vaca de Dosinda* (P).
Elvira MENÉNDEZ. *Éste no es mi zoo* (H).
Consuelo ARMIJO. *Guiñapo y pelaplátanos* (T).
Alfredo GÓMEZ CERDÁ. *La gota de lluvia* (C).
Martin HANSJÖRB. *No hay sitio para Tarzán* (H).
Charles VILDRAC. *Las gafas del león* (C).
Juan FARIAS. *La infancia de Martín Piñeiro* (C).
Nina WARNER. *La luna en el agua* (A).